頁行 BOOK

我愿如此充沛过一生

小木头 著

江苏凤凰文艺出版社
JIANGSU PHOENIX LITERATURE AND ART PUBLISHING, LTD

不用放大镜看别人，

也不要用缩小镜看自己。

走在命运为自己安排的时区里，

一切都非常准时。

你终将成为更好的自己。

目录 PREFACE

PART 01 见自己，不畏浮世

02 愿你能为自己的人生着盛装

05 你不需要多重要，快乐就好啊

09 你若心安，处处有风景

12 并不是只有红包里，才有爱情

15 他爱不爱你，看遇事儿时的态度就知道

19 把生活过得舒服，才是真本事呢

22 余生，要和体谅你的人在一起

27 你好，白色情人节

30 我爱你，仅此而已

33 你的幸福，都写在脸上呢

37 不要用男人是否舍得花钱，来判断爱情

41 所谓完美婚姻

44 半夜吵架的夫妻，人生一定很难吧？

47 我不信天长地久，只相信此刻拥有

50 我不要互相提防的爱情

56 别怕，一切可能没你想的那么糟糕

59 最可悲的人，才按照别人的“范本”生活

PART 02　断 舍 离 ， 减 法 生 活

64　最美好的生活，并不昂贵

67　理想生活，不过是在鸡飞狗跳中寻找岁月静好

70　那些在朋友圈里热爱生活的人，都很美

73　跟世界保持点儿距离，让幸福近一点

76　家里必须要有花，心中一定要有爱

79　愿每个早晨，都是被爱和阳光唤醒

82　做个生活的潜水党

85　好好生活，是一个女人的自我修养

89　舍得浪费时间给自己

92　生活，是微苦里又带点你给的甜

95 谁能没点儿小心思

98 我哪有时间丧？开心还来不及呢

101 爱读书的女人多了不起

104 焦虑烦恼时，给自己整理一个洁净的空间

107 把日子过得风轻云淡的人，名字叫幸福

110 幸福啊，就是父母在身边的家常味

113 假装生活的人

116 不缺幸福，缺的是投入享受的心情

120 真正的生活品质，并不是仅靠钱堆出来的

123 让我自己待一会儿，哪怕孤独也好

126 我在济南，天气晴

129 做个幸福的淘金者

PART 03　仪 式 感 ， 拥 抱 温 度

134　多花些时间和能让你快乐的人在一起

138　我的喜欢很值钱，丢了你就要不起了

141　远离身边的“无力癌”

144　世界需要较真的人

147　最幸福莫过于“今天什么也没发生”

150　讨好型人格：你的努力，满腹委屈！

153　时间，是最公平的东西

156　当生活出现负能量，我随时准备逃跑

159　时间啊，请你慢慢走

163 真正强大的人，能从内心滋生幸福

166 亲爱的，你那么好强一定很辛苦吧

169 所谓岁月静好，不过是咬牙坚持又保持微笑

172 愿你人到中年，却依然有颗少女心

175 那些讨厌的人不会让你成长

179 朋友圈之外，才是真正的生活

183 千万别把嘴贱当耿直

186 人生只剩不到 22K，真的没有资格浪费

189 “你知道他背后是怎么说你的吗？”

192 你太过在意别人的时候，很可怜

195 珍惜你的好朋友，也不要再为离开的人哭泣

PART 04　够独立，岁月静好

200　真正的独立女性，不会靠性别上位也不会忍辱偷生

203　你独立的样子，真美啊！

206　你要努力，不活成“中年妇女”

208　结婚以后，除了孩子老公房子能聊点别的吗

212　青春再好，我也不想回去了

215　愿你终将穿越孤独，成为更好的自己

219　像张爱玲那样，脸上不要只写满前半生
222　你到底想要找个什么样的人
225　你与众不同的样子，真好看
228　人群中不慌张，独处时不孤单
232　我那么努力，当然要活得优雅从容点
235　最高级的，是懂得自己想要什么的人
238　女人最该恐惧的不是婚姻失败，而是丧失智力

在去拥有我想要的生活之前，

我要先成为，我自己。

PART

01

—

见自己
不畏浮世

愿你能为自己的人生着盛装

无意中打开了一部纪录片《我们都为比尔着盛装》。

看得有点入迷。

这部拍摄于2010年的纪录片，男主角是被称为“街拍鼻祖”的比尔·坎安宁，他同时也是《纽约时报》街拍版的摄影师，在街头拍了一辈子，浮华喧嚣的纽约时尚界有他的一席之地，而他留给人们的背影，就是一身蓝工装，一间小到不能再小的工作室，以及一脸灿烂天真的笑容。

画面里，年过八旬的老人，骑着自行车穿梭在街头，看到任何他认为独特、个性的衣服，都会冲上前去拍拍拍；除了在报社的工作之外，他也为一家他喜欢的杂志提供照片，但他拒绝酬劳。

因为，他想要更多自由。

他说，自由自在比钱重要多了。

他拍过无数重要的照片，在纽约时尚界有呼风唤雨的力量，连“女魔头”安娜·温图尔都会为他驻足，说出“我们都为比尔着盛装”。但促使他昼夜不停风雨无阻的，是内心的热情，是燃烧的火焰，这是多少钱都买不来的。

看着他在镜头前旁若自然地用胶带把雨衣粘起来，笑嘻嘻地说：“我才不会觉得难为情……”这个老小孩，真是太可爱。

2016年，这个可爱的老人去世了。

多羡慕啊，一个人可以把自己的热爱如此极致地坚持一辈子，用他的镜头说话，用他的才华在势利的时尚圈里立足，而后随心所欲地做自己喜欢的事。

真是幸福啊。

前几天看了一部同样讲述老人生活的电影——《年轻气盛》。

两位功成名就的老人一起休假，弗雷德是个指挥家，他退意已决打算颐养天年；而米克是个导演，一生拍了很多电影，捧红了很多女明星，虽然已经年迈，但他这次还是带来一个编剧团队，一起创作剧本，作为他告别导演生涯的作品。他认为这是自己一生中最精彩的华章，一个完美的句号。他踌躇满志，志得意满，女主角选的是他当年一手捧红的女明星。

开拍前夕，女明星跑来告诉他，自己是不会拍这部电影了，她签了电视剧合约，她需要钱来还债和给儿子戒毒；她还说，他也该醒醒了，他导演的最后两部片子简直就是垃圾……

米克让年轻编剧们先回去等消息，也许再等几个月电影就可以开拍。然而他一转身，就在跟弗雷德聊天时，跳楼自杀了。

也许是他已经彻底迷失，找不到继续活下去的理由，躯体已经老化，而精神的不甘让他备受折磨；也许他无法忍受被制片人和女明星抛弃的现实，他自认为自己一手捧红了那么多人，如今却落得如此下场；也许……

相对于米克一生的春风得意，我当然更喜欢比尔的天真与单纯。

米克总是喜欢说他捧红了哪个女明星，他从前有多么成功；而比尔最大的财富，是他满屋子的胶片档案，那是他最热爱的东西。

功名利禄有种虚幻感，让人身在其中飘飘然，甚至会让人上瘾，天长日久沉溺其中，难免会迷失自己，到需要落地的时候，却找不到方向，无法着陆。

而真正的快乐，是心中有一盏灯，知道自己喜欢什么，要去向何方，愿意为自己的热爱付出努力和辛苦。

也许，我们做事情会有功利的目的——像比尔那样的圣人终归是少数，但不应该完全是功利的。

一旦被功利、金钱、地位吞噬，随之而来的可能就是巨大的压力，巨大的沮丧和巨大的黑暗。世界风云变化，世事变化多端，今天还在风口浪尖，明天就已是过眼云烟。

愿我们每个人，都能为自己的人生着盛装，为自己的喜欢和热爱，热烈地绽放一次，尽兴地活一次。

一辈子很短，而且没有机会重新来过。

愿我们，都有机会，且为之努力。

你不需要多重要，快乐就好啊

如果你觉得一件事情到了没了你就不行的地步，那么，你一定需要休假了——这句话是我从一本书里看到的，书名忘了，这句话却记得清清楚楚。

因为我自己就曾有过这样的时刻。

七八年前，当时我在负责编辑部的工作，每天都干劲十足，每天都疲惫不堪——心累、焦虑、紧张。尤其是，在休假之前，我就会特别紧张，觉得这里没我不行，那里没我也不可以，犹豫来犹豫去，甚至打算放弃休假：要不然就算了，如果因为我离开，工作乱套怎么办？！

实际上，是我自己出了问题。

后来我在书中读到相似的段落时，才真正意识到是我自己出了问题。

的确是，紧绷的神经，极度的焦虑，尤其是无法放手的那种心情，讲真，是非常沮丧且痛苦的。

并不是真的想去控制，而总是害怕会失去控制。

……

在读到那句话并且看透问题后，仿佛醍醐灌顶，我突然找到了出口。

在这个世界上，任何事情，少了我，都可以继续运转。可能方式不同，会有细微差别，但是绝对不会因为没有我而停摆。

无论是工作，还是家庭，抑或者其他事情，皆是如此。

我有自己存在的意义，但是，其他人也有他们处理问题的方式。

从此之后，每一次休假，我都会彻底地放下心来。

安心出门，把工作交给其他人，让自己离开日常的生活，成为别人世界中的过客，看一看，这世界其他的模样。

是的，我没那么重要，这反而让我开心很多。

因为我更加知道了自己存在的意义。

去新西兰旅行，到的第二天，我们住在一个美丽的小镇。

晚上七点半，街上已经安静到令人心醉，天空中繁星点点，闪烁着冷冷的光，月亮在云朵的衬托下，格外明亮。

酒店门口是一片漂亮的湖，夜晚时波光粼粼，月亮洒下一片银白；而早晨，又是另外一番景象，太阳洒下的是金黄，湖面上雾气蒸腾，那一大片区域下面都是活火山，地热很发达，温泉也很常见。

小镇上经常能见到背包客，那些年轻的面孔，明亮的眼睛，硕大的背包，矫健的步伐，会令我心中一颤：我曾经那些在路上的梦想呢？！

啊，全都消失不见了。

伴随着时光，伴随着烟火，伴随着日复一日的慵懒，不见了。

小镇的郊区，有一片“红树林”，走进那片红杉树林，我才真正理解了爱丽丝·门罗所描写的“森林”。澳大利亚跟新西兰很近，据说有许多相似之处，我就这样努力地去揣摩门罗所描写的人生。

那篇小说的名字，就叫《森林》：木匠每天去树林里消磨时间，他深爱的妻子近来突然陷入情绪低潮期（应该就是抑郁症吧），直到那天他意外受伤在树林里，得到了她的相救——她竟然开车出门，只是为了告诉他一个消息。

他知道，妻子从此以后走出了情绪的泥沼，走出了那片笼罩的阴霾，又回到了从前的样子。

“树林竟然这么纠缠不清，这么稠密，这么隐秘。它不是一棵树，然后另一棵树，而是所有的树都在一起相互支持，相互帮助，然后编织成一样东西，在你不知不觉中发生一种变形。”

那天，我仰头看到那么高那么直的树，不由自主想起这一情景。

而爱丽丝·门罗在《逃离》中描绘的一些场景，我也隐约感受到了，新西兰可以见到农场，大约，女主人想要逃离的，就是那些广阔的土地，孤单的房屋，重复的生活，以及无法燃烧的内心吧。

我们远观的那些幸福富裕的生活，却可能是别人想要逃离的人生。

世界，不正是这样运转的吗？

每次出门都会深刻地感觉到，逃离，是一件多么重要的事情。

离开原本的生活。

离开原本的模样。

离开原本的自己。

好像是一个，全新的，舒展的，不加掩饰的真我，行走在这个世界的角落里。

一路上只需要用眼睛看风景，用嘴巴品尝食物，用心去感受世界，匆匆路过别人的生活。

像是抽身离开自己的人生一样，换一个角度，去审视自己。

那些曾经困扰自己的烦恼，那些曾经纠缠自己的爱恨，那些让自己辗转反侧的情绪……居然都是那么渺小那么可笑的事情啊。世界这么大，这么奇妙，我到底为什么，曾经那么深陷其中难以自拔呢？

诚如毛姆所说，每次旅行归来，自己都变成了另外一个人。

我自认也是。

身体的某一部分，正在悄然发生着变化，每一次都像是打开了心中的某个小小开关，释放一些东西，又吸取一些东西。

不要让自己禁锢在一个小小的环境中。

不要让自己成为生活甚至别人的中心。

要学会离开，甚至学会逃离。

去看看世界，然后知道自己有多么不重要。

反而，会更幸福。

你若心安，处处有风景

公司组织团建，去坝上草原。

路上，大家都很兴奋，想象着草原，默念着“风吹草低见牛羊”。及至抵达目的地，不少人感叹：啊？！居然是这样的？！

没有一望无际，也不见处处牛羊。

有草地，不过被分割成了大小不等很多块，所以根本没有苍茫感；草呢，也完全不是我们想象中碧绿宛若地毯的样子，深深浅浅很多个坑，像是被剃秃了一般，草色开始泛黄，算不得美。对比我在新西兰所看到的草地，差距的确是有点大。

下午，大巴车把我们带去一片草场，自由活动，不少人皱着眉头看着那拉拉杂杂的草场，看样子是连假装兴奋的心思都没有了，扎堆开始聊天。

阴天，风有点大，呼啦啦吹过来。我裹紧外衣，一个人往草场深处走去。前方有延绵的小山，还有金黄色的沙丘，举目四望，还是能够感受到我们平时很难看到的苍茫与辽阔；虽然不是一望无际，但也算是视野开阔了，天与地相接的远方，有大自然的鬼斧神工；尤其是阴天，乌云在天上慢慢逼近，压得很低很低，仿佛就在头顶，这样的感受，生活在城市里的我们很难常见。

耳边响起的是我很喜欢的音乐，一脚深一脚浅地跋涉着，此刻在我面前的不是不够美的草场，而是李娟笔下苍茫辽阔的冬牧场。

远处的人们还在扎堆聊天，我一个人却觉得自己像是跋涉到了接近天堂的地方。

只要心中有情，处处是风景。

无论是出去旅行，还是认识一个人，做一件事情，总会有“不尽如人意”的时刻。

心心念念了很久的旅行，到了才发现：啊，没有想象中那么美！

信心百倍地要做一件事情，遇到一些曲折：根本没最开始想的那么好啊，呃，真是丧气啊。

因此，人们总是说：风景在别处。

因为远远看过去，总是好一点；一旦到了眼前，总不如自己的想象，或者不那么完美，沮丧就会喷薄而出，甚至来不及去体会它原本有的美好，全身心都被“失望”占据。

好多时候，并不是没有风景，而是我们的眼睛，看不到风景。

左顾右盼，浮躁地张望，却未曾想过，我们身处的地方，可能就是风景。

偶尔觉得有些疲惫，我会坐在桌前泡一壶茶，然后，燃一支香。

安静地喝茶，看着丝丝缕缕的烟升腾起来，旋转、扭曲、缥缈、散去。

而这，给我一点放空的时间，让我可以忘记忙碌的工作，烦琐的家务和恼人的事情，静静地感受这一刻的平静。这又何尝不是一种风景？

总是有人提到云卷云舒的美。

但是真正抬头去看云卷云舒，看天高云淡的人啊，却少之又少。

二十岁的时候，最喜欢的那个词语叫“安之若素”。

那是我向往的境界，却一直达不到，我性子急，说到底是太浮躁，一点事就按捺不住。

反而这几年，倒是越来越能体会到那种内心安定平和的感觉。

安静用心地做一餐饭，静静地欣赏一缕烟，可以抵达任何地方而不再着急逃离，可以在每一个角落里发现一点美。

是，生活总是有不尽如人意的时候。工作、恋爱、家庭、儿女，甚至于，我们对自己也总是不那么满意。但是，那些不尽如人意，又何尝不是人生对我们的试练？

如果每一次遇到，都心烦意乱，都暴跳如雷，都难以承受……我们还有什么资格说自己成长了呢？

生老病死，欢喜悲伤，人人都会遭遇。

唯一不同的是，在经历过之后，我们是否能够平心静气地去感受，去充盈，甚至重塑自我。

看过一部电影叫《附属美丽》。

失去女儿的母亲在走出伤痛后，组织了“失去天使的父母互助会”，相似经历的人们聚在一起互相倾诉，相互安慰，试图走出悲伤，重新生活。

她说，女儿离世那天，她在走廊泪流不止，有个人对她说：“你要学会欣赏悲伤过后的美丽。”她当时对此嗤之以鼻：“我的女儿就要死掉了，你跟我说什么悲伤过后的美丽？！”

而当她终于走出丧女之痛，以爱的方式来重新面对生活、拥抱人生，与前夫相遇时，她说：“我终于懂得了那是什么意思，那是一种巨大的平静，让我换了一个角度来审视人生。”

这世界不存在完美的人，也没有传说中那么快意的人生，每个人都会经历坎坷与烦恼，每件事都可能会遇到曲折与颠簸。

重要的是，心要安定。

那么，处处都会有风景。

并不是只有红包里，才有爱情

我有段时间特别忙，经常出差。

跑来跑去本来就会比较辛苦一点，而每次出差回家，推开家门，面前的场景立刻就能引爆心中的核反应堆：地板又脏又乱，衣服揉成一团，豆豆哥看上去像是流浪了好几天，而我的老公——克莱德先生，毫无例外地坐在沙发上，左手手机，右手遥控器，就差一个“北京瘫”。

对他父子俩耳提面命地教育过几次之后，貌似有了一点改变。

有一天我回家，居然没找到吵架的理由：咦，这俩家伙学精了哦？！

地板还蛮干净的，据说在我回来之前刚用吸尘器吸了一遍；我下飞机没多久，他就打电话问大概什么时间到，他要准备做饭了；我堵车很久，让他们先吃，他说还是等等吧，反正也不饿；豆豆哥的房间居然也没有乱到无法忍受的地方，中途还听到克莱德先生假装严厉地说：赶紧把你地上的东西捡起来，自己收拾！——怕我看到会崩溃吧？

……

嗯，这反而让我有点无所适从，感动之余居然找到了一点点爱情的味道。

他大约是找到了我的爆点，也开始关心了。

结婚十几年之后，两个人所有的缺点和毛病都暴露出来了，彼此能够在意对方、不招惹对方生气，也算是真爱了。

今年5月20日的前一天，我的朋友圈里已经热闹得不像话——“90”后小女孩晒了男朋友买的精美礼物，前同事高兴地说老公提前发了“520”的红包，另外一个不是很熟的朋友直接说，明天打算收5200元。

想起学过的《与妻书》，还真是希望天下人都幸福，忍不住笑一笑：真好。

但，克莱德先生并没有准备任何礼物，也没有发红包的打算。更何况，我对红包真的一点都不敏感啊——在一起生活了十几年，财产共有，他给我发个红包就相当于是一个数字出现在微信上展示一下而已——过几天他没钱了，还不是又得跟我要？！

所以啊，朋友气哼哼地跟我说：“又看到闺密在晒老公发的‘520’红包，我老公一次都没发过……她是不是在晒给我看？！”

我忍不住笑她：“这你也在意？！”

每个人的生活都是自己过，两个人的相处模式也是只有他们自己才知道。

发红包是一种爱，每天对你体贴入微也是一种爱，为什么非要把别人的爱当成天上的星星，却把自己拥有的弃之若敝呢？

感情这件事，我从来都觉得，如果要有所表示的话，应该是双方的，互相表白才对啊。

男人跟女人表白，理所当然，女人对男人的表白难道不应该也是理所当然的吗？难道女人就要一味地接受、顺从、被动吗？

好多次，有女孩儿来问我，说喜欢某个男生，感觉对方对自己也有意思，但迟迟没有行动，是不是该等着？

等着呢，也未尝不可。只不过，若是错过了天时地利人和，那么后悔的人还是你啊。

若是两情相悦，就不在乎是谁主动多一点，是谁表白多一点。

重要的是，感情的水乳交融，奠定厚实的基础，两个人能够在精神层面有更多的互动，才能够成为真正的灵魂伴侣。

当时大热的《经常请吃饭的漂亮姐姐》中，有个场景令我印象深刻：男女主角互有好感，处于暧昧期，但碍于“姐弟”身份，还没有捅破窗户纸。

有一天，他们和朋友们聚会喝酒，谈到感情生活时，男主说自己很喜欢一个女孩子，但是没敢表白。女主角很紧张，她知道说的是自己，但是却又不敢表现。

这时，同桌的另一个女孩，一直对男主言语挑逗眉目传情。在这种复杂又紧张的情形下，女主角果断地在桌子下牵住了男主角的手。

以此定情。

所以咯，感情这件事，谈得太清楚，分得太明白，就是计算了，计算得太多，慢慢就会算计。那还算是什么感情？

让你爱的人知道你爱他。让你的世界里，有更多爱意荡漾。这是一件好事。

跟有没有红包，没多大关系。

并不是只有红包里才有爱情，若是你有心，一个眼神，也是爱情。

他爱不爱你，看遇事儿时的态度就知道

这两年流行过一种类型的文章：怎么判断他爱不爱你？

有的人说，看他是不是舍得为你花钱。

有的人说，看他是不是把所有的薪水都给你保管。

有的人说，看他要不要在房本上写你的名字。

还有的人说……

判断一个人对另外一个人的感情，纬度太多了，爱情不是需要时时刻刻验证的，真正美好的感情，应该是渗透在生活中的，点点滴滴、时时刻刻。

我遇到过一件触动很大的小事儿。

小长假的一天，高速上的某个路段，发生了车祸：一辆私家车撞了栏杆，车头被撞烂，整个车子都调转过来了，零碎的东西洒了一地。

我看到车子外面，是一家三口——妈妈蹲在路边安慰看上去只有四五岁的孩子，不远处，爸爸看上去有些六神无主地在地上捡拾东西，好像并不是很清楚妻子孩子受到了惊吓。

……

后来，我脑子里一再闪现过这个画面。

我想到的是，遇到这种突发事故时，人们对彼此的态度，大概很说明他们的感情吧？

在很多时候，发生突发状况，也就是我们说“遇到事儿”的时候，一个人的态度往往能暴露出他们的性格、人品以及所谓感情深浅。

有人相互宽慰，有人相互指责，有人能够抱团取暖，而有人则会大光其火，把所有的责任都推到别人的头上去。

这并不少见。

总有人在问“他爱不爱我”这样的话题，其实，他爱不爱你，并不仅仅在风平浪静的日子中那些浪漫温柔的情话里，而是在遇到困难挫折突发状况时，他对你的态度里。

小朋友谈论起爱情，最爱说的是对方做过多少令自己感动的事，最喜欢的是谈起那些惊喜与浪漫。

这固然是美好的。

爱情中的两个人，心心念念希望能做出让对方开心的事，男孩为了女孩一句话半夜跑去买消夜也是司空见惯，为了能够跟热恋中的爱人见一面，飞跃重洋的事情也都是可以做出来的。

虽然不见得能够让天下人都觉得惊天动地，但至少在他们心中是惊天地泣鬼神的，是独一无二而且别人难以企及的。

平常日子里，浓情蜜意里，怎么都好，他有的是时间精力和心思来讨你欢心，说让你爱听的话，做让你开心的事。但是，一个人真正的性格、品性、感情并不会完全暴露出来，因为当下有时间修饰和装扮。

遇到事情的时候，才真正能够体现人品、品德以及感情深浅。

有人能够遇事不慌，会照顾和体谅对方，积极想办法，找解决问题的方法；而有些人遇事就急眼，脑子里一塌糊涂，想不到办法也就罢了，还迁怒于别人。更不要提，那些遇到点考验就当鸵鸟的人了，自己往后退，把人往前推。

有很多女孩在面临结婚这个节点时，会产生很大的困惑与纠结，因为他们发现，平日里男朋友对自己百般宠爱万般忍让，但只要涉及到跟他家人的问题时，比如自己跟他的家人相处不好，却得不到男友的半点支持，甚是灰心。

啊，明明他爱自己和家人更多一些，或者说，爱你真的很少，否则怎么也会绞尽脑汁帮你从中斡旋，搞好双方关系不是吗？！

我做杂志时，认识了一个有趣的女孩子。

她相亲认识了一个男孩，很有好感，第二次见面时她提议说：我们先一起去旅行一次吧！

不是她胆大前卫——整个旅行过程中，他们都没有太过亲热的举动，房间也都是分开的。

她只是，因为有伤心的过去，所以成了“有心人”。

她跟前男友在学校里谈了三年，工作后又交往了一年多，即将谈婚论嫁时，她却迟疑了。

因为她发现，每次遇到事儿，哪怕是堵车之类的小事儿，男朋友都会情绪失控。有一次，他们去看电影迟到了几分钟，男朋友竟然在影院里大声指责她，明明是他自己找错地方，却非说是她订的影院不好……这令她很痛苦，平日里似乎都还好，但是这种事情发生多了，她真的开始怀疑自己在他心目中有没有地位？

所以她给自己定了个小目标，在认真交往之前，要努力看清楚对方的样子。

在旅行途中，会遇到各种各样的突发事件，这比她在餐厅、咖啡馆、电影院观察多少次都管用，而两个人是否合适也会露出端倪。

因为耽误了几分钟，最后一趟大巴车开走了，男孩没有抱怨女孩走得慢，而是安慰她：“大概是这里想让我们多留一天，我们住下来明天再走吧。”

在某个地方，因为她没有提前预订，想住的酒店房间已经没了，男孩拉过她的行李箱："我们先去吃点东西，才有力气继续找房间啊。"

因为吃得不舒服，女孩患了突发性肠胃炎，男孩在小诊所里守了他一夜……

"他遇事不暴躁，懂得体谅、宽慰，就算有暴风骤雨，我也不会害怕，他会跟我一起扛，而不是把我推出去让我自己抵御！这比千万个'我爱你'都浪漫。"女孩这样说。

甜言蜜语谁都会说，尤其是热恋中的男女，人人都能出口成章。但是未必所有人都能够有一颗宽厚的心，去包容另外一个人，无条件地呵护对方，这必须得有深深的爱意，有足够深的感情。

这才是真正的爱。

这样的人啊，你要珍惜。

把生活过得舒服，才是真本事呢

我们家有两个出了名的懒人，一个是我妹，一个是我老公。

我妹因为属相是猪，再加上从小好吃懒做，时常被我们调侃为“那头猪猪”；我老公克莱德先生呢，是独生子，加上我公婆都特别勤快，所以他一直是“无意识懒惰”，好多事情在他看来都不是活儿，说白了，就是懒。

就这么两个人，还经常互相攀比呢。我妹被指责的时候，会反驳“我比我姐夫勤快多了”！而我老公呢，则总自认为“我总比你妹好点吧”？呵呵，半斤八两。

不过，感情虽然都很深，但是在一起过日子毕竟都是我老公，所以我老公很懒这个事儿直接给我造成了麻烦——我妹妹虽然懒，但是妹夫勤快得很，所谓“懒人有懒福”。

我们家，周末最晚起床的一定是克莱德先生。

睡到中午时分，睡眼惺忪地走出来，径直去烧水泡咖啡了。豆豆哥一看到他，立刻撒开脚丫子就跑到我们房间，不一会儿传来喊声：“妈妈，爸爸又没叠被子！”

衣橱从来是不收拾的，甚至好多衣服都不让它们“回家”，客厅、书房，到处都有披在椅子上的衣服。

洗衣服这种事儿，也几乎没做过，“不是有洗衣机吗？”他总是这样说。

可是，洗衣机没有胳膊啊，还是得有人放进去，倒上洗衣液，洗完之后再晾干啊？！

他笑了笑，那也没有多难吗。

有段时间，他突然良心发现，说要承包洗碗的工作，又说我太浪费水——结果呢？他经常忘，最后还是我来。

唯一好的是，我若是很忙，回家晚，他会做饭——味道么，飘忽不定，不予置评，但是……姿态是有了。

总之，说这么多，他是真的很懒。

所以，当我都朋友问我说“你家里那么干净整洁，一定是你先生跟你一起清扫吧”时，我恨不得把上面那些证据都摆给他们看：没有，没有，真的没有，他很懒！

偶尔帮忙是有的，但还真是不能把功归在他的头上。

我们家是木地板，每周都要打扫两次，真的还蛮累的，腰酸背疼。

以前一个月大呼小叫，他能帮忙做一次，也嫌累，催我赶紧买个吸尘器，解放劳动力。

我买回来了，他还是不干：“不是有吸尘器了吗，就是拿着走一走，能有多累？！”

可是每个房间都要吸尘啊，然后还要拖地啊！算了，我干脆又买了个电动拖把，这样拖地也不会很累了。

有那些时间扯皮吵架，还不如干脆就来得轻快点。

必须说，这提升了我的幸福感。

我平时在家里工作，又是处女座，家里哪里不干净（尤其是地板），我都会很在意。

先打扫卫生，然后再去安心做事。

自从有了它们，还真是轻松省力了不少，甚至有点后悔，之前拿那么多力气跟他讨价还价让他帮忙干活，真是浪费人生！

有一段时间，我觉得窗户很脏，买了擦玻璃器，但是催他安装了好几次也没有结果。

后来，我直接找了个上门擦玻璃的家政工人。二三百块钱，三下五除二就给干完了。

克莱德先生下班回到家，一脸愕然：“啊，他也就是用那个简单的擦玻璃器啊！”

我鄙夷地说：“你不是不干吗，我看着又不舒服，所以各得其所喽。”

虽然他有点心疼钱，但好像也没办法反驳我，走开了。

我听很多女人吐槽过自己的老公不做家务，又懒又馋，或者是类似的事情。

我们结婚最初的那几年里，一则是新婚宴尔，那时候他还在假装勤快，所以不怎么为这种事吵架，后来找了家政大姐，每周彻底打扫一次，所以这种矛盾也完全不存在。

今非昔比。

我平时在家待的时间特别多，不太喜欢工作的时候有人在我旁边打扫，如果催促老公孩子又很费劲，自己做也很累。

所以，与其跟他浪费时间吵架谁干得多点，谁干得少点，倒不如自己想办法，是买好工具，还是花钱请人做专门的事情。

说一千道一万，改变一个人很难。

真的。

就像是他改变不了我的文艺、矫情、感性，喜欢叽叽歪歪，我也改变不了他的执拗、懒惰，当然他也有优点。

与其把时间放在企图改变对方而徒劳无功上，倒不如改变策略，让自己舒服一点，轻松一点。

虽然我老公很懒。但是，好像我没什么太多牢骚，也没有把自己累得叫苦连天，学会掌控生活，拥有打理生活的能力，比什么都重要。

比跟谁在一起生活更重要的是，你得自己会生活不是？

余生，
要和体谅你的人在一起

姐姐跟我讲过她的一个经历。

她和姐夫因为一点小事吵架，吵得有点厉害。盛怒之下，她摔门而出，打算找个地方清静一会儿，甚至想过回娘家，把他扔下，让他好好反省几天。

结果，帅气地摔完门，下了楼，刚走出小区，还没想好去哪里，心里突然开始担忧：哎呀，他这个人，平时心思重，又敏感，我今天跟他吵架说话那么重，他不会想不开吧？万一想不开，他不会做傻事儿吧？家里那么多危险的东西，他要是真一冲动可怎么办……不行不行！

不敢想下去了，拔腿就往家里跑。

三步两步上了楼，打开门，看到老公好好地坐在沙发上，正在焦急地盘算着去哪里找她。

她松了一口气，连生气的事儿都忘得一干二净了，就一个念头：哎哟，没事儿就好！

这是好多年前听她讲起的事儿了，但是在我心里，难以忘记。

夫妻两个人，在一起生活，感情再好也不可能一点摩擦都没有。生活习惯，思想观念，完全一致是不太可能的，日子久了，各种毛刺儿、矛盾透露出来，还是会有争吵和摩擦。

这时候，能否体谅对方，以什么样的心态看待对方、看待生活，才是最重要，也是最考验感情的。

在生气的时候，还在担心着对方，担忧着彼此，这不仅仅是爱情，而是最深刻的爱。

偶尔我会跟豆豆哥说，我们每个人要为自己的事情负责；但同时，我们又是家庭的一员，每个人都有家庭责任，所以，有时候，我们需要体谅别人。

譬如，爸爸下班回来很累的话，就不要着急催他陪自己玩；若是妈妈在写稿，就尽量不要吵她，因为会打乱她的思路；若是在爷爷奶奶家的话，晚上不要睡得晚，尤其是不要打扰奶奶，她睡眠不太好……

这些絮絮叨叨，会经常提醒他，同时我们也会用自己的实际行动影响他。

若是我在书房写稿子，克莱德先生一定会安排他玩或者带他做点什么，让他不要打扰到我。

从他三岁开始，每个周末的早晨，我都带他在厨房里做蛋糕或者面包，一则是他有得玩，二则是让克莱德先生可以睡个大懒觉。好几年都是这样的。

到现在他早就习惯了。周末早晨起来，大多时候都是静悄悄的，在房间里看书，或者把电视声音开到很小，自己看会儿动画片，知道不去吵我们。

“爸爸平时早晨起来得很早，周末让他睡个幸福的自然醒！”这是我们的共识。

生活中这样需要体谅的瞬间有很多，家务活那么多，陪孩子写作业的时候那么多，各种琐碎的小事儿那么多，如果不能相互体谅，互相担待，不但会很辛苦，而且会非常厌恶、烦恼，甚至争吵，不是吗？

无论是跟爱人，还是跟孩子之间，都要慢慢养成这种互相体谅的心情，彼此之间有一个“宽松的舒适度”，会非常舒服。

有段时间，有人在争论一个问题：有个女孩因为男朋友不肯全款买房而拒绝结婚。

这件事的背景是，男孩不想啃老，不想父母拿出养老本买房子；他愿意家人出个首付，自己来还贷款；女孩的家里愿意给她陪嫁，但她认为男方不全款买房是不行的……

物质和爱情的关系暂且不讨论了。

说到底，女孩还是没办法深刻认同男方的想法吧？

他不想啃老，不想让父母把一辈子的积蓄都拿出来，是因为他体谅和心疼自己的父母，并且相信自己有能力过上好的生活。

可是女孩不是。也许她家的物质条件更好一些，也许他们家一直贯彻“富养女儿”的原则，无论父母多么辛苦都要让女儿“风风光光”，所以她认为啃老是天经地义的，如果做不到，那就是未来的公婆没诚意，或是男朋友不够爱自己。

说到底，三观差别太大。

他们的人生观价值观根本不一样，甜言蜜语再多，感情再深厚，也于事无补——她能看到的只是自己，只是闺密们都住大房子不必还贷款，却从未想过体谅自己的男朋友。

观念差别如此之大的人，就算是勉强走在一起了，也很难一下子就弥合彼此之间的差距。

我身边几个婚姻质量高的朋友，无一例外有着高度一致的生活目标和三观——

朋友 A，老公是凤凰男，父母家里一穷二白，他们结婚时没房子，住在单位宿舍里，后来攒钱买了套小房子，日子过得有滋有味。

如今老公为了事业四处奔波，她不但要照顾孩子，还要照顾他的父母，但是从来不听她抱怨，日子过得乐呵呵的。

朋友 B，跟老公家庭条件相当，都算不上多好，两个人在出租屋里结了婚，奋斗了好几年，买了房子，还着贷款，一起养孩子，一起养老人，钱不是很多，但过得很充实。

最重要的，夫妻感情非常好，家人和和睦睦，热热闹闹。

一辈子那么长，一定要过得尽量顺遂心意。

余生，也一定要跟真正爱你、懂你、体谅你的人在一起。

省了很多解释，很多生气，很多郁闷。

他们说，爱情总有一天会变成亲情，激情有退却的一天，所以跟谁过不是过？！

不，我不这么认为。

激情会逐渐降温，爱情大概会变成细水长流，但他只是换了一种面目和姿态，来爱你。

发自内心的体谅，深刻的懂得和理解，对你思想和精神的高度认同，这才是刻骨铭心的爱，永不会磨灭。

你累了的时候，他只要看你一眼就明白，不会说“你怎么动不动就累”，他会给你捶捶背捏捏腰，拉着你起来活动一下。

你不想做饭的时候，他不会说“你怎么这么懒”，而是会下厨炒两个小菜，哄着你好好吃，告诉你“你一点都不胖”。

你被工作折磨得要死不活，他不会袖手旁观，而是开解你，陪伴你，陪你一起熬过去，鼓励你“翻过这座山，就好啦”。

你心情郁闷的时候，他不是拿着手机玩游戏，也不是坐在电视前看球赛，他在旁边握住你的手，陪你聊天，又或者给你端一杯热咖啡，让你在香气中，慢慢苏醒过来。

……

爱是每天的日常，这才是最幸福的时光。

也许他不会甜言蜜语，也许他没有太多钱买豪宅或者鸽子蛋，他不能挥金如土也不能带你去吃最奢侈的餐厅。

但是他的每一天，都在爱的光晕中，陪着你。

余生，一定要和体谅你的人在一起。

你好，
白色情人节

3 月 14 日，一早起来，就有人在群里说："今天是白色情人节哦。"

嗯……

一整天，除了看到开花店的朋友发朋友圈说包了很多束花之外，大部分人好像没太有感觉。

我读大学的时候，"白色情人节"的概念刚刚从国外传来。

那是我第一次知道，原来除了情人节女生会收到男生的礼物和玫瑰，还有个"白色情人节"，女生要给喜欢的男生表白。

若是让我说，这真是一个很重要的节日。因为它跟情人节相呼应。你认为情人节有多重要，就应该认为它有多重要。

就像是爱情，从来都是相互的，男与女，你付出一分，我回应一分，才可能有超过两分的欢喜；但若是我付出两分，而你却从未付出过，那就还是零分。

朋友圈子里，有个特别喜欢秀礼物的女生。

一年到头，各种节日，从圣诞节到情人节，从元旦到"520"，甚至是六一儿童节，都会在朋友圈里晒出男朋友给自己买的礼物。

小到口红化妆品，大到奢侈品包包或者是衣服鞋子，她会说："哎呀，这个礼物选得好喜欢啊，谢谢老公。"

我一般看这种还是觉得很开心的，人家有的秀，说明幸福啊。

认识超过两年之后，我发现一个问题，好像她从未说过自己给男朋友准备过什么礼物——我想，也可能只是没说而已，一定是准备了的吧。

如果男朋友每个节日都精心准备，把仪式感看得这么重，她也这么认可的话，一定会投桃报李，有所回应的吧？！

后来挺长时间没怎么关注她，直到有一天，共同认识的人跟我说，她早就跟男朋友分手了。

“她呀，分手之后闹得特别难看，男朋友堵在公司门口，让她归还礼物，好像在她身上花了十多万。说她各种要礼物。两个人在一起将近三年，她给男朋友就买过一个钥匙包……”

礼物，本来是感情的助燃剂，某种意义上，也是用来佐证感情的。但若是成了一种目的，感情就变了味道。

我有很多已婚女性的朋友，会耿耿于怀，老公不再像谈恋爱的时候那么体贴浪漫。遇到情人节、生日这种节日，不再给自己准备礼物，也没有烛光晚餐。

有时候，我忍不住调侃她们：“那么，你们会给老公准备礼物吗？！”

大部分人的回答是，恋爱的时候会，结婚了……就不太会。

我眨眨眼：“所以，自己没做到，还强求别人？！”

节日，不过是生活的一种集中表达，我们在平时不好意思表露的那些浓情蜜意，借由着节日表达出来，互相说“我爱你”，给对方赠送一份精心准备的礼物。

既然如此，男人是否也像我们一样需要呢？

感情中，婚姻里，两个人的世界里，最忌讳的就是，一方肆意索取，一方予取予求。

这种互动是不健康的，不能长久而稳定。

久而久之，一个变成了血盆大口，另外一个变成了枯枝败叶，感情的养分都被吸食殆尽，苟延残喘的日子，注定不会多长久。

所以吗，日子要过，节日要过。但一定不要只想着自己吧？

我要这个，我要那个，你给我买这个，你送我那个我才开心；偶尔也想一想，他喜欢什么呢，我送这个礼物给他会不会正合心意呢？

甜蜜的，快乐的日子，一定是两个人一起，相互给予，互相爱护。

所以，在情人节、表白日、生日、结婚纪念日的时候，你会给你的他准备礼物吗？！

我爱你，
仅此而已

突然心血来潮想买点东西，但是翻来翻去，都没发现自己喜欢的东西——没有那种震颤的喜欢，那种强烈想要拥有的感觉。

想起来，三四年前，有一次看韩剧，女主角一个包包，我当时觉得真是太！好！看！了！

那个包的样子，那部剧的名字，如今全都不记得了。

唯一记得的是，当时喜欢的心情，那种满心欢喜，那种谨小慎微，那种窃喜的愉悦。

我也无法猜测，若当时买了的话，现在的我是否还会一如既往地喜欢呢？

好多东西，当时是喜欢的；但是拥有之后，就成了衣服上的饭粒子，没那么珍惜了。

于我而言，喜欢的感受比拥有的物质要重要得多。因为前者让我一直保持难以忘记的感觉。

每每想起来，仿佛初见时那般欣喜，像是看到一朵蔷薇花在我面前绽放，芬芳慢慢沁入心脾，那种令人为之一颤的喜悦。

这些年，这样的经历数不胜数。

想一想曾经喜欢过的面容清秀的少年，那些曾经在橱窗前令我屏住呼吸的玩意儿，或者只是远远观望的偶像……都存在了记忆里，都活在了美好里，未曾褪去过颜色。

年轻的女孩子来问我："喜欢一个男孩，偷偷喜欢的那种，要不要表白？他应该不喜欢我，但是我不是很确定……"

偶像剧里的暗恋，缠缠绵绵，惆怅唯美，而且都有非常美好的结尾。

而现实中的暗恋，却往往是落花有情流水无意。

结果，一个带着满腔勇气和热情去表白，一个草草应付甚至还要避嫌。若是知道他不会喜欢你，这又何尝不是自取其辱？

她有点不甘："万一呢，万一他喜欢呢？"

除非迟钝到傻的地步，否则一个人是不可能感觉不到那份喜欢的。

明明感知到，却假装不知道，这可能是慈悲，也可能是，想逃避罢了。

……

表白与否，当事人说了不算，更何况还有人主张的是"年轻时候不疯狂，年纪大了会后悔"。

但换作是我，宁愿闭口不谈，做个酷酷的女孩，喜欢你是我一个人的事，与你无关。

不要去破坏那一刻的美好，不要非得去踏上一条根本走不下去的路。

并不是所有的事，都要有个结果。

孩子们都喜欢画画，未必就一定要当画家；我们放声歌唱，是因为现在的心情真的好想唱歌而已；若是节奏刚刚好，那就随风起舞。

只记得这一刻的美好，就好。

成人的世界里，太讲究结果，往往忽略了开始和过程。

我从哪里而来，为何而来，我这一路上收获了怎样的酸甜苦辣，往往比我在终点那一刻的胜利，更有分量。

比如，我爱你。

最开始，我只是爱你而已。

跟你有没有钱，是不是买了房子，有没有车子，到底会不会跟我结婚，并没有关系。

我只是爱你，仅此而已。

你的幸福，
都写在脸上呢

你的幸福，都写在脸上呢。

豆豆哥出生那天，是七夕节。那天是个周一。

至亲家人都在身边，克莱德先生、我的父母、妹妹，还有公婆全都来了——公公是后来下班赶过来的，然后一头扎进了给豆豆忙碌的队伍中。忙乱一通之后，豆豆睡了，他们说要去庆祝一下，然后就……出去吃大餐了。

这件事一直被我当成一个很有趣的段子，偶尔讲给豆豆听：你知道吗，你出生那天傍晚啊，只有我们三个人在病房里过七夕节！

我和豆豆是没办法出去的，克莱德先生要陪着我们，那怎么庆祝呢？据说公公请大家好好地吃了一顿，为我们三个没到场的主角庆祝了一通，哈哈，想起来又好笑又可爱，真的很有爱啊。

那时候我因为刚手术完不能吃东西，豆豆吃奶，所以克莱德先生吃的是他们带回来的剩菜。

因为有这些美好的记忆，虽然豆豆不过农历生日，但是每到七夕这一天，我还是会觉得特别温暖。

豆豆的小名，是提前很久就想好的，因为我喜欢日本作家黑柳彻子的《窗边的小豆豆》，也喜欢“吃饭睡觉打豆豆”的笑话，怀孕的时候就喊他

“豆豆”。

但是他的大名，一直到出生后挺长时间，都没有定下来。

我和克莱德先生想了很多，都互相否定了；我爸也给了参谋，没有被采纳。

到后来，克莱德先生不知道从哪里查到《康熙字典》有个词叫“熙然”，大意是“和乐的样子”，我一听倾心。也没再商量，直接就用了这个。

我从未想过孩子要文武双全，要飞黄腾达，我只希望，他这一生能够平安，尽自己所能，做自己想做的事情，无论什么时候，都能有“和乐的样子”。

也因此，后来有朋友说：“怎么给男孩子取这么文艺的名字？”又或者说：“像韩国人的名字啊！”我也大多一笑置之。

也不能每个人都要去解释。更有趣的是，有些想法也无法解释。

我们对于生活，对于孩子，对于未来的理解都差别好大，其实只要自己喜欢就好。

因为我最大的期待，就是这一生，豆豆能够永远有和乐的样子。哪怕是历经风雨，哪怕是经历过挫折，仍然能够有勇气和力量，保持淡然和乐。

所谓幸福，不过如此。

我妈跟我聊天说“你顺风顺水”，我听着乐得要命，忍不住哈哈大笑。

别人这么说倒也没什么，我亲妈居然也这么认为，看来我的消化能力还是蛮强的，哪有什么顺风顺水的人生啊？

前几天，我给克莱德先生读小禾的读书笔记——她是豆豆的幼儿园同学，跟豆豆哥同岁，克莱德先生听完之后，惊为天人，感叹说“比我高考作文写得还好”，然后陆续提及了好几次，忍不住感慨“豆豆相比之下太二了”。

这遭到了我的无情打击：“你这样下去，会成为我小时候最痛恨的那种家长，总是说‘别人家的孩子’。”

因为真的吃了好多这样的苦啊。

从小就被拿来跟别人比，考第二名，跟第一名比；上什么学，跟邻居家、同事家的孩子比；工作后，薪水职位职业还被拿来各种比较，所以我十几岁的时候真的超级叛逆，因为心里很不舒服。

前些年逐渐才好一些，不在意别人的目光了，这需要很多的心理铺垫和调试才能平衡起来。

但是如果要求一个几岁或者十几岁的孩子做到，真的非常难，听成年人在你面前念叨那么多“你看看谁谁都比你强”，你知道有多可怕吗？

我知道。

所以，我才不要做这样的妈妈。

也因此，从小被比较的时候我觉得自己很不幸，中考失利的时候我觉得自己挺惨的，高考志愿不理想的时候我觉得自己也算是“命运多舛”了。

到后来陆续各种事情，虽然没有天塌下来，但也真的不是顺风顺水，不是一帆风顺啊，好多事情啊，陆续碰到，陆续解决……每次都只能是硬着头皮走罢了。

我非常喜欢一部美剧，叫《单身毒妈》。我喜欢她的英勇无畏，遇到事情不是哭天喊地掉头就跑，而是想办法解决它。

我知道我没她的勇气和胆量，但是，至少，我可以试着学一学。

更重要的是，过去的事情，就让它在过去，可以有记忆，但是不要保留困难，不要把那些痛苦留下来，写在脸上，郁积在心里。

消化它，整理它，让它化作生命中的一点点养分，甚至能够开出新的幸福之花，难道不是比整天怨天尤人哀叹命运更好吗？

你看那些真正有幸福能力的人，哪个脸上不是风轻云淡，写满了淡定与柔美。

满脸戾气与苦恼的人啊，总是会越过越差。

……

我们啊，只要成为这样的人就够了吧，有坚定的内心，有坚强的勇气，能够用双手塑造自己和乐的人生。

这就是幸福啊。

不要用男人是否舍得花钱，来判断爱情

作为一个“内秀直男”，克莱德先生在买礼物或者许多表达心意之类的事情上，不是很有天分。

最开始也是吵过很多次，时过境迁，我竟然变成不在意这件事的人，反正不耽误我给自己买东西寻开心。

我们俩第一次约会，他送我一本几米的漫画书，好浪漫啊。

恋爱后第一个情人节，因为他没有任何计划，也没有准备礼物，气得我跑去找朋友，跟他冷战一天，到晚上我跟朋友快吃完饭，他讪讪来了，手里拿了几支在街头买的打折的玫瑰花。

斗争了许多次之后，我逐渐明白一件事情：他不是不在意我，也不是小气，他就是想不到这些……我不说，他不做，最后就成了“死锁”。

意识到这一点之后，改变最大的人是我。

我不再强求他像“别人的男友”那样，会时常准备礼物，给我惊喜。

他就是他自己，我正是因为“他是他”才跟他在一起，那为什么不能让他自由地做自己呢？

我们每个人不都期待做自己吗，那为什么我们非要强求爱人变成不是他们自己的人呢？

偶尔，我也会逗他：“我都没有奢侈品包包啊，就是那种特别贵背出

去特别有范儿的！”

他翻个白眼：“背那个能上天吗，不如买个好椅子吧，你写稿就不会腰疼背疼了……”

哎，一点都不浪漫，但这就是他啊。

他从来没有给我买很昂贵的礼物、给我惊喜，但是我们有一个温馨的家，一起陪伴孩子，三个人在客厅里当赛道玩小汽车，只要有时间，他就会带豆豆哥出去玩，给我休息时间……

对我来说，这些，比昂贵的礼物更重要啊。

“我男朋友从来没给我买过任何贵的礼物，最多几百块钱，连过千都没有，我真的很怀疑他是算计还是小气？我闺密的男朋友，动辄就送最新款的手机，买包包衣服……他都不舍得给我花钱，每次都说现在刚毕业没什么钱，我都想分手了……”这是一个女孩的倾诉。

我有点摸不着头脑：几百块钱的礼物，还好吧？毕竟，谁的钱都不是大风刮来的。

生日、情人节、七夕节之类，买点小礼物表达一下心意，能够感受到对方的爱意就可以了。

两个人在一起，是相互付出感情，互相陪伴打败寂寞人生的，何必非得跑偏了，相互攀比着你给我的礼物几百块，我给你的礼物有多贵呢？确定，这不是在炫富，而是在恋爱吗？

网上满天满地都在秀男朋友买了什么礼物给自己，或者又发了多少多少的红包，搞得没有得到这种“待遇”的女孩怀疑自己的人生。

仿佛，男朋友刚工作没钱这个理由不成立，或者在努力攒钱为未来生活打拼也只是借口。

礼物可以拿来比，但感情确实永远没办法比的。

感情是渗透在生活中的。每个早晨的微笑，黄昏散步时的牵手，每一餐用心准备的饭菜，每个想起你打来电话时的牵挂……

所有这些，是沉甸甸的爱啊，是你内心的安定，是眼角眉梢的微笑，也许看不见，摸不着，但是，千金不换啊。

甚至我想，若是那些女孩们有一天都有能力买得起自己喜欢的东西，而不是把男友当成提款机满足自己的需求时，烦恼是不是会少一点，感情的纯度是不是会更高一点？

钱的确可以考验出一些心思，那些动辄就拿钱来试探女朋友，又或者共同还房贷却坚持只写自己名字的男人，离得越远越好。

但若是，他只是还没有实力去满足昂贵的要求，又或者不擅长这些，能不能多一点谅解，或者是等一等，等他慢慢懂得，或者你慢慢变化？

礼物是可以表达爱的。

精心挑选的心思，包含其中的心意，还有送礼物时看到对方开心的表情，那是爱的一部分。

看过吴刚的一个访问，他特别浪漫，爱给妻子送惊喜，比如一件她看过后很喜欢但舍不得买的大衣，或者其他很贵的东西，他会悄悄买来，给她惊喜。

他说，就喜欢看她惊喜、开心的样子，觉得什么都值了，特别高兴。爱情里有个很美的场景就是“你高兴，我就更高兴了”。

爱你的人，愿意做让你开心的事情，比如甜言蜜语，比如任劳任怨，比如送礼物准备惊喜。

但，礼物一定不是爱的全部。要分人，要看情况，更要看能力。

若是看不到他付出的感情，不在乎他的体贴，只拿是不是舍得给自己花钱来衡量一段感情，显然是跑偏了。

我真的不赞成什么“一个男人爱不爱你，就看他舍不舍得给你花钱”，要分情况的，好吗？

我认识一对小夫妻，工作三五年，房子在还贷款，有辆小车，孩子一岁多，也算是平常幸福的三口之家。妻子提出来要换车，想换成奥迪，说是公司同事的车都很好，感觉丢脸……

丈夫劝她过一两年再说，现在家里到处都要花钱，要换车肯定得借钱，太紧张了。

她扔出了撒手锏："你连给我花钱都不舍得，还好意思说你爱我？！"

毒鸡汤喝多了，副作用的确很大。

……

无论是男人还是女人，如果有钱有能力，却在你需要的时候推三阻四躲着你不舍得付出，那么，这份感情要打个问号。

最好的爱情，是两个人彼此付出感情，相互谅解，彼此分享快乐，也分担烦恼，他们一起走过风雨走过坎坷，艰难的时候一起扛，幸福的日子里牵着对方的手。

他们会给对方一点惊喜，愿意让对方高兴，但从不计较对方是否给自己买了昂贵的礼物。

毕竟，他们就是对方最无价的礼物。

所谓完美婚姻

我发现一个有趣的现象：在微博上，若是你说女人上班做家务看孩子，肯定一批人来同情你，还有一大批人来评论说你嫁了个不中用的老公，太惨了，更有激进的人问“还不离婚，这简直是丧偶式婚姻”！

相反，“在我家都是爸做饭，他超级宠我妈的，什么都不让她做”这种微博，一定会上热搜，然后一堆人追在后面高喊羡慕，表达“想嫁一个这样的男人”的想法。

无论哪一种，都有点魔幻，很超现实主义。

一个家庭里，全都是女人在承担家务，打理家事，这肯定是问题。

她要上班，要做饭，要照顾孩子，三头六臂也忙不过来，也因此，很多年轻的女孩子被吓得不敢结婚，不想做失去自我的女超人。

反过来，妻子什么也不做，男人要上班做饭照顾孩子打理家务——不是同样的道理吗？

如果把女性什么都不做，就当作是“被宠爱”，就当作是终极幸福，那对幸福婚姻的理解未免也太肤浅了。

曾经有个新闻，说有个女孩要独自去机场，男朋友百般不放心，给她写了很多条提示，甚至画了图，告诉她怎么打车，怎么到机场，怎么值机……

本来是秀恩爱的，结果，被网友们一顿奚落：“你是没手没脚还是没脑子，你是成年人了还要被当成巨婴照顾，还挺自豪吗？”

无论是情侣还是夫妻，一定不该是“照顾巨婴模式”的，那样的关系并不健康。

正常家庭，分工合理，互相搭配，两个人不但在体力劳动上要互相帮助，在精神上也要相互契合，有沟通有交流，才对吧？

我在农村长大，了解到的家庭分工基本上是，男主外，女主内。

男人在外面劳作、打工，女人要做田地里的活儿，做家务和照顾老人孩子。男人一般不下厨房，不仅仅是大男子主义，还是因为忙，体力活也比较累，没有余力；若是有时间和精力，他们也会几个拿手菜。

我爸妈做饭的比例是对半，我爸做菜很好吃，下厨的几率也很高，而且他洒扫庭院的比例也比我妈要高。

所以刚去克莱德先生家的时候我很不适应，他父亲几乎不下厨，家里的家务更是全由我婆婆包揽——做饭、洗衣、拖地，所有这些。而我公公则是，吃过饭之后碗一推，就去休息了。

最开始我很不解，为什么很少见他帮忙呢？

过了一段时间，我慢慢懂了——他每天在诊所工作超过八个小时，90%的时间在站着，非常辛苦，所以回到家，家人都想让他休息一下。而休息日，若是有时间，他是很喜欢下厨做菜的，辣子鸡、拔丝地瓜，颇有几个拿手菜。

所谓感情，所谓婚姻，所谓夫妻，不就是这样互相搭配，相互理解，互相懂得对方的辛苦也能够体贴彼此的烦恼吗？

所以很少做饭的男人，未必就一定是“坏男人”；而从来不下厨的女人啊，也许是幸福，却不敢说是百分之百。

彼此独立，相互支撑，才是我理解的幸福婚姻。

日剧《其实并不在乎你》中，夫妻俩的模式，若是用部分网友的理解，女主角真是“幸福到天上去了”——老公非常爱她，到了“不管你做什么我都不会离开你”的地步，即便是发现她出轨，即便发现她一再欺骗自己，也这样坚持。

这个老公啊，看上去是“十全十美的老公”，温柔、爱笑，所有的节日都准备礼物，生日会有惊喜，每天回家做饭，而且手艺很好，时不时就夸赞妻子漂亮……而妻子呢？除了上班和思念“最喜欢的人”，基本上没做过别的。

他们的婚姻，不但不幸福，反而是可怖的。

因为彼此心怀鬼胎，不肯交心，他们是生活在同一屋檐下的两个貌合神离的男女，维系他们婚姻的并不是感情，而是一种奇怪的仇恨，彼此憎恨，不肯放手。

……

读者跟我倾诉说，丈夫出轨了，他们没有离婚，一则是因为有孩子，二则是因为丈夫平时对她很好，“他真的会把我当公主宠啊”，她觉得离开他就再也找不到这样宠自己的男人了。

我问她：“你觉得一个真正爱你的人，会背叛你舍得让你那么难过吗？如果要在一起，也一定要在深入地谈过之后再做决定，不要麻痹自己。”

她没再说话。

结婚，是为了和情投意合的人在一起，分享生活中的点滴，幸福或者烦恼，快乐或者痛苦，是为了在自己漫长的人生中，有一个人并肩而立，徐徐前行。

是在找一个妻子，一个丈夫，他们都是独立的完善的人。

难道是为了再给自己找一个保姆或者父母，让对方照看自己，照顾自己吗？

那样的话，这还是婚姻吗？这畸形的感情，还算是爱情吗？

“我家都是我爸做饭”，我一点都不羡慕这样的婚姻。我更想知道：你爸做饭的时候，你妈在做什么呢？

是在旁边打下手，还是在陪孩子玩，抑或者正在摆桌子，准备开饭？

半夜吵架的夫妻，人生一定很难吧？

凌晨三点，突然被从梦中惊醒，听到一阵非常凄厉的尖叫声，穿透云霄，刺破耳膜。

几秒钟之后，脑子渐渐清醒，尖叫声还断断续续传来，是来自外面的声音。

我走到阳台去看，虽然外面依稀有亮光，但只能凭借那三个人大声的尖叫、斥责和哭喊判断出，大概是家庭纠纷。

有个女人在凄厉地喊叫，声调似哭非哭，在抗拒着什么；东北口音的男人在催促让她赶紧走，骂骂咧咧的："你做对什么了吗？"

听那几句话和女人的尖叫，我觉得她可能会被家暴。我摸黑去客厅里拿了手机，打算报警。

但是等我再回到房间，去阳台上看下去的时候，外面的声音平静下来了，他们已经离开了。

我回到床上，好半天睡不着，心中又烦躁又难过：人生怎么这么艰难呢？对这个女人，或者对这个男人而言，大概都是一个特别痛苦特别可怕的夜晚吧。

人人都向往岁月静好，都希望过上安稳舒服的日子。

但是又有多少人，折腾出这样那样的事情，主动或者被动的，打破着生活的平静，直到有一天突然爆发，无法收场。

唉。

我从前住的地方，有一家邻居距离我们很近，所以每次他们吵架，都能听得一清二楚。

问题在于，他们吵架的频率很高，而且动静特别大。

有天清晨，天蒙蒙亮，突然就听见女的惊声尖叫：杀人啦，来人呐！

我们从梦中被吵醒，茫然不知该如何是好。

最初，关系不错的邻居去劝架，久而久之，再吵就没人理会了，反正也习惯了。

而且，他们是不离婚的：女人觉得已经付出了很多，不可能走的；男人大概也觉得反正就这么勉强过吧，也能过到老。

……

还有一次去买菜，恰好目睹前面一栋楼的家人“混战”。

他们是一楼，窗帘也没拉，夏天开着窗子，动静特别大，一家人闹得不可开交，男主人和女主人及其父母打成一团，先是对骂，然后扔东西，开打。

我忍不住想，这样打下去，日子到底要不要过呢？彼此之间的芥蒂，要多久才能消除呢？

我们楼上的那家邻居，也爱吵架。

有天晚上，男人要看妻子的手机，遭到拒绝，两人迸发了激烈的争吵，孩子吓哭，丈母娘加入，男人彻底崩溃了，大喊着：“我供你们全家吃喝，给你们租房子，你手机里到底有什么？！”

……

我在楼下的书房里，突然觉得人生好萧瑟。

想起这些，再写下来，想说，哪怕日子过得安稳一点平淡一点，也要珍惜，也要好好过啊。

婚姻若是能维持，就用心去维持，两个人在一起是为了幸福，而不是为了彼此伤害；若是不能维系，又何必要把彼此拖进痛苦里呢？

不是所有人的感情道路都一帆风顺的，情侣之间夫妻之间争吵也是常有的事，但是绝对不是以伤害对方为快乐的。

不是要把艰难、痛苦都归咎于对方，不是让背叛成为婚姻中的常态，这……是不正常的。

那些艰难的痛苦的时光，就像是黑洞，会把人的快乐都吸进去，由不得你。

爱你该爱的人，追求你想要的幸福。

祝每个人，都平安。

我不信天长地久，只相信此刻拥有

有个女孩跟我吐露内心的纠结：她遇人不淑，跟一个男人恋爱半年后，猛然发现是已婚男。

她说咽不下这口气，想要大闹一场，让他没办法做人。但是……到底要不要这么做呢，她还没拿定主意。

若是凭直觉的话，我是希望她能够及时止损，离开这个人；若是非要有个水落石出鱼死网破，我叮嘱她，要注意自己的安全，这是最最重要的事情。

还记得十几年前曾经闹得沸沸扬扬的事件，有个女人用了很多年打算“耗到最后”，尽管也把那位知名人士搞得灰头土脸，但最终……对方家庭表示谅解和拥抱他，他回归了家庭；而她却受人指指点点，甚至被怀疑是另有图谋。

保护好自己，及时止损。

若实在气不过，可以揭露渣男，但这不是最终的结果。最终的目的，是如何让自己走出这段痛苦泥泞的经历，而不是一辈子都圈在这段痛苦里。

山本文绪的小说《恋爱中毒》中的女主角，作为一名读者，偶然认识了知名男作家，成了他的助手，尽管知道对方已婚，但仍然发生了不伦恋。

她以为自己可以“浅尝辄止”，却深陷其中，难以全身而退，一直到被嫉妒和欲望控制，连自己都无法想象。

韩剧《三流之路》女主角的遭遇，跟那个女孩如出一辙。

她在一次偶然的机会遇到了“白马王子”，他出身好，工作好，很喜欢她，甜言蜜语，也会制造浪漫惊喜。

女主角决定跟他交往试试看，结果——砰！他竟然早有未婚妻，信誓旦旦地说“就算我结婚了也不会影响到我们的关系”，女主角听了，气得要崩溃。

但是生活不是电视剧，快意恩仇、因果报应并不能马上就发生，反而是好多时候，受伤害的那个人，会在很长时间里，都难以复原。

除了靠意志力撑下去，大概也只有努力抵御痛苦侵袭不让自己成为它的俘虏了。

一段不光彩的婚外情发生，出口骂一骂总是自然而然的事情，但是却不是最终结局。

真正的结局，是生活成了什么样子。

是鸡飞狗跳一片狼藉，还是最终归于平静，又重新寻找新的幸福的可能？

曾经认识的女子，在得知丈夫有了外遇之后，痛苦不堪，但是即便各种迹象已经表明确有其事，她自己也亲自验证了，甚至丈夫开始夜不归宿，她都死死咬住：绝不离婚。

离婚与否，分手与否，并不是简单一两句话就能够说清楚，而最应该考量的是，到底自己的生活，自己的人生，该如何安放？

到底是男人太渣，还是女人太傻？

谁又知道呢？

感情的事，没人说得准，那么多歌颂婚外情的经典作品，不也被人们推崇吗？

所以，谁能说得准呢？

我不相信天长地久。我只相信……此刻拥有。

我不要
互相提防的爱情

她问我："对于女人来说，是家庭更重要，还是工作更重要呢？"

我也没有什么新鲜的答案："都很重要，但哪个给你带来的幸福感更强呢？为什么不能试着把它们都处理好呢？"

她说，目前在做的工作，偶尔需要应酬，丈夫对此很不满，公婆也颇有微词，这一次是收到了最后通牒，让她在某个时间点之前辞职。

大概是互相撂了狠话吧，所以才会让她这么为难，辗转反侧想找个解决办法。

若是依了我的暴脾气，肯定当场就顶回去："我就不辞，你能怎样？！"

但是……这只是我的暴脾气，我有我的生活和处理方式，未必适合所有人；而她的根本问题，其实并不在工作这里，在于两个人的关系——说到底，是两个人的信任感出了问题。

所以，辞掉工作根本不会从根本上解决问题，治标不治本。

若是她辞职回家做了家庭主妇，他倒是可以"放心了"；但是她呢？他在外面可以交际应酬，她就可以完全放心吗，难道也同样要求他辞职吗？

两个人若是有了罅隙，往往会表现出各种奇奇怪怪的症状，除了吵架，可能就是找碴儿，或者是在一些事情上做文章。

我也没有良药，唯一的办法就是沟通吧——告诉他自己的理由，告诉他自己的想法，告诉他自己的底线；深层次地摊开聊一聊，两个人在信任感的问题上，到底缺什么呢？

缺什么补什么。等都补上了，就好了。

感情这种事，永远没有“万无一失的安全感”。

恋爱的时候，小情侣好起来你侬我侬，浓情蜜意；但是稍不留神，可能就有其他的感情萌动，有人分崩离析，有人要经历过一番折腾再重新在一起。

千百年来，也没什么值得稀奇的。无论是司马相如和卓文君，还是杜十娘怒沉百宝箱，所谓情比金坚，有时候的确是，而有的时候，是童话。

但真正相爱的两个人，一定是相互妥协，互相适应，相互迁就的。

你不吃辣，我嗜辣如命也会稍微迁就你一点；你不喜欢熬夜，我即便很想看完这部电影，也会关了，跟你一起休息……这都是日常生活中最琐碎最普通的瞬间，但正是这些瞬间，填满了盛大感情里的那些空白，让它变得扎实而坚固。

感情中最可怕的，不是两个人争吵、烦恼，甚至痛苦，而是互相提防，相互防备。

这样的事情一旦出现，就像是千里之堤溃于蚁穴，若是不沟通不交流不面对，早晚会成为横亘在两个人之间的巨大鸿沟，想跳也跳不过去。

经历过一番折腾，闹腾过一段时间，要么两个人有心去解决问题；要么就分崩离析，想要好日子，简直是做梦。

楼上邻居经常半夜时分吵得惊天动地，惊心动魄。

大概，日子就要这样过下去吧？

平静的幸福，想也不要想了，不过是得过且过，过到什么时候算什么时候吧。

两个人在一起生活的基石已经被动摇，不去修理，不去稳固，只在一些表面问题上打转转，有什么意义呢？

这世界上没有什么会一成不变的。

感情、婚姻、工作、梦想，都会随着时间的推移，随着我们的成长而发生翻天覆地的变化。

也许出发的时候两个人还牵着手，想要一生一起走的，但是走着走着，有人看到了另外的风景，有人心中有了其他的想法——这都是很自然的事情。于是开始琢磨该如何是好，若是真的动了心思，或者感觉到对方动了心思，就会开始提防，开始防备，开始给自己留后路，相互欺骗，互相欺瞒。

这何尝不是最可悲的婚姻？

两个人面和心不和，假装要比翼齐飞，其实心中早就有隔阂，有龃龉，一再试探，一再防范，谁的心里会好受呢？

我不知道什么样的婚姻才是完美婚姻，我也不太清楚哪一种情侣才是最完美的情侣，我只知道，若是我跟一个人在一起生活，那么，我们就要相互信任，互相妥协，我们要是彼此的基石，彼此的依靠。

我会信任你，不会欺骗你。但若是有一天，我们之间有了问题，那么我们就去解决问题，解决不了，我们就好说好散分道扬镳……我们是自私自利的人类，但我们更是曾经山盟海誓打算一生一起走的人啊，不是吗？

你到底想要怎样？

我想要的就是幸福啊。谁都无法阻止我追求幸福。

而一段口是心非相互提防的婚姻，哪里谈得上幸福？

没有完美的感情。但至少，一段感情和一段婚姻的基础，就是相互信任，互相依赖。

少了这个，再多甜言蜜语山盟海誓，也没用。

不要把简单的日子过复杂。不要把纯真的感情亵渎了。

作女

看了一条新闻，如鲠在喉：一对夫妻，过年期间因为一万块钱红包的事儿打起来了，而且丈夫把妻子打得很惨。

一看新闻标题，当然是火冒三丈，家暴永远是婚姻中不可原谅的丑陋。

再去看看内容，觉得这女的吧，也有一定责任——据说回娘家之前，妻子提出来要带一万块钱红包回去发，丈夫不同意，两个人为此吵架；之后，妻子依然带着一万块钱回娘家，风风光光地发完，结果被丈夫知道了，大打出手，后果严重。

……

新闻里没说他们的家庭收入怎么样，很难判断这一万块钱在他们家是什么样的概念。

总而言之，这里面存在一个问题：丈夫为什么反对？

是因为钱太多，对他来说是个很大的数额？还是因为妻子总是想着娘家，只想着自己娘家，却未想过婆家？

在丈夫反对之后，妻子没有进行沟通，想到解决的办法，而是决然地拿着这一万块钱潇洒地发红包去了，对方急眼好像也是情理之中。

当然，如果家里很有钱，给婆家的也很多，男人就是不准她一点一滴给娘家，那这个男人是有问题的——不过，有不过的打算，是吧？

夫妻两人本来是该同甘共苦，稍微有点风吹草动，就偏向自己那一方，这是婚姻中的大忌。

更不要提有些人是明里暗里，耍着小心眼儿地要给“自己家”多一点。

有个女人曾经跟我诉苦说，跟丈夫没办法过了，“他总是防着我”。

结婚几年，孩子两岁多，丈夫的工资收入自己拿着，她从来没见到过。每个月只给她两千的生活费，其他的一无所知。为这个，吵了无数次，但是根本解决不了，他就是死活不松口。

“就因为一点小事儿，当时我们俩准备结婚，他的工资卡在我手里，装修婚礼都是我来操办的，那会儿我弟弟要订婚，我就给了一万红包，没跟他说，他后来知道了，就翻脸了。”

女孩说：“当时我们哪里都要花钱，如果跟他说了他未必同意；但是我红包给我弟太少的话，心里也过意不去……他把卡要回去了，再也没有给过我，我连他月薪多少都不知道。”

我心中感慨，这种事儿啊，一次就够了。只要有一次，他就可能会认定你是“外人”。

他会认为，你永远是属于“娘家”的，你会在他任何注意不注意的时候，偷偷地往娘家搬运，所以他怎么可能不防着你？

“现在感觉我们俩就像是搭伙过日子，根本不像是两口子。”她苦恼地说。

我也想不出好办法。

唯一的办法是，要真正地建立起亲密关系，要非常坦诚地面对对方，要信任对方，也让对方尝试着接纳和信任自己。

任何财产上的泾渭分明，最大的可能性就是来源于不信任。

没有信任做基础的婚姻，一般都岌岌可危，稍微有点风吹草动，就会大楼将倾。

这两年我认识很多那种半路夫妻。

我发现，那些日子过得好的，他们有个共同特点——不跟对方藏心眼。

有些有收入或者有财产的，提前就讲好，哪些归子女，哪些是两个人共同生活的费用；也有一些，双方实力相当，直接就开门见山，财产透明。

一般这种半路夫妻，都能走得比较长远一些，而且幸福感很高，因为他们不必互相提防，相互防备。

两个人啊，要在一起，可能就要翻山越岭，穿越过那些疑惑的迷雾。

如果不能信任对方，真诚地面对对方，早晚有一天，会翻了船，而且关系一旦出现裂缝，就很难修复。

因为，你们不是同路人，更不是一家人。

别怕，
一切可能没你想的那么糟糕

虽然迄今为止仍然是普通人一枚，但总觉得也经历过不少“大起大落”，幸好都是有惊无险。

六七岁时，我跟妹妹在外面玩，妹妹掉进了一个旱井里，我吓得要死，当时心想这回一定会被爸妈揍死吧？！

惊慌失措间喊人帮忙，大人们找了绳子和筐子，放到井里，让胖嘟嘟的妹妹爬进去，把她给吊了出来。

幸好，旱井不深，她竟然毫发无伤，我也大大松了一口气。

上小学，总是听父母念叨“没钱了没钱了”，好像爸爸的工资总是撑不到月底，而我们马上就要去喝西北风。他们念叨的那几天，我都会特别小心谨慎，哪怕是需要买文具的必要小事都不敢提出来，生怕一块钱会导致经济崩溃。

以至于有一天我妈从外面买了什么东西回来，我心里有很大的疑问：“我们家不是没钱了吗？”

中考前我想：若是我考不上好点的高中，不但会令父母失望，我自己也会沮丧地活不下去吧？结果……我就真的没有考上好点的高中，而且是两次！

父母失望是真的，我却并没有真的想要去死。

沮丧了几天，灰暗了几天，消沉了几天，去了那所三流高中，很快就又活蹦乱跳起来，成了一个年轻鲜活的人，又开始憧憬未来。

也不是真的没心没肺。

总得过下去啊。

把眼下的自己摆平，哪怕是侧侧身通过一条狭窄悠长的路，只要能够走出最痛苦、尴尬、郁闷、消沉的境地，前面一切就都好了。

谈恋爱的时候，因为小事吵架，我关上阳台门，号啕大哭，心想：这次是没办法挽救了，伤心透了，一定是要分手的！

过了一会儿，他发短信过来、打电话来，道歉、解释，于是又和好，好像刚才的决心和崩溃都是表演给别人看的。

考驾照的时候，咬紧牙关把所有规定动作做好，车停在了路边，只等着坐在车上的考官打及格了，一高兴，忘了熄火。

然后？当然是不及格。我站在车旁，整个人都是麻木的，觉得自己所有的努力都付诸东流，考试都通不过还有什么意义呢？想死的心都有。心情灰暗地躺了两天。

过了几周，又去练一次路考，叽叽喳喳地跟新一批学员聊天开玩笑，等待下一次考试。

……

有时候觉得崩溃好容易啊。

从前觉得崩溃可以让眼前的一切都灰飞烟灭，让事情变得不可收拾。

长大后才发现，崩溃不过是为了把那些自己解决不了的情绪，那些委屈、愤懑、痛苦、烦恼，用一种让别人能看到的方法表达出来。然而对于改善事情而言，并没有什么用处。

小时候，我就目睹过崩溃的“威力”。

街上的婶婶大妈，无论是跟丈夫吵架，或者跟邻居闹矛盾，先是伶牙俐齿地叫骂，然后就是崩溃，坐在地上号啕，拍着大腿一边数落一边痛哭。

长大之后，我非常在意情绪失控这件事，不能让崩溃发生，因为那不是真正的“不破不立”，只是对情绪肆无忌惮的宣泄，把自己的底线一再放低，让自己以为情绪的宣泄可以解决问题，而事实并非如此。

有段日子经历着跌宕起伏的事情，情绪涌动的时候，闷闷的，觉得特别不真实。

身在其中，倒是发现了一个有趣的事情：每次你以为自己要崩溃了，生活要崩塌了，一切都要毁坏的时候，却都又能找到一条小小的路，弯弯曲曲地走出来，摇摇欲坠的心房最终没有成为废墟，而你在走出泥潭之后，发现自己居然安然无恙。

一切可能没有你想的那么糟糕，而到最后，你的境地有时还允许你变得更好一点。

心情不好的那几天，反复在听那首老歌《你的样子》。

有时候想着，我们每个人，都像是在逆风行走，有时候还算顺利走得快一点，有时候则是举步维艰。

可无论如何，也只能是继续走。

幸福的人，并不是因为他们没有遇到过困难或者麻烦，而是遇到之后积极地去解决、去化解；而不幸的人，也并非是他们遭遇的苦难就比别人多，其中有很多人，是过于夸大了自己的不幸，或者任由自己崩溃，让一发不可收拾给别人看，自己也就尴尬得难以收场。

这世界，浩浩荡荡，天地茫茫，我们到底会在这世界刻画下什么样子呢？

大概只有我们自己清楚。

但愿我们每个人都能是“潇洒的你，把心事化进尘缘中”。

最可悲的人，
才按照别人的“范本”生活

很多年轻人困惑说：我想……但是别人都……所以我是不是该……

对应起来，大致的句式有：

我打算毕业后找一份喜欢的工作，但是周围人都在考公务员，我心里也觉得有点犹豫，我是不是也该去考公务员？

我和男朋友恋爱几年，本来打算先结婚，但是周围的同学同事都买房了，我们是不是也该先买房再结婚？

我单身，本来我觉得一个人生活也蛮好的，但是周围的亲戚家人都在催我相亲结婚，朋友们也渐渐结婚生子，我心里也有点急了，我是不是真的该找个人嫁了？！

……

“别人家的孩子”的魔咒，在你长大之后，又渐渐变成“范本人生”。

按照国人的标准，基本是这样：大学毕业，考公务员事业单位或去了国企工作，稳定收入很好，买套房子，结婚生子，准备二胎，升职，赚钱挺多，家庭稳定和谐幸福羡煞众人……

这样的“人生范本”，就像是墙上的海报一样，在每个父母或者亲人的心中打下了烙印，甚至我们自己也不由自主地认可。

只可惜，我们都“不完美”，不是没考公务员，就是恋情出了岔子

“没有按时结婚”，抑或者有别的“瑕疵”，对比那完美人生，自然会有沮丧，悲催，抑郁。

我的初中同学，大学毕业后即考入事业单位，嫁了一个公务员，生了一个儿子，在海滨城市买了房子，将父母接过去。

同学们谈起她时啧啧称羡，说她运气好，一切都很顺利，真是太让人羡慕了。但是她私下里却说，工作很忙，加班很多，孩子一岁之前，她每天晚上十点前没回过家，“真羡慕那些时间自由的人啊！”

别人羡慕的背后，太多无奈只有当事人才懂。

那边厢，我一位在公务员岗位工作十年的朋友总爱碎碎念：“我是不是应该辞职啊，我想去旅行，也想做点其他的事情啊……”

那些看似完美的范本人生，不过是我们想象出来的而已，就像是人无完人，人生，也没有完美一说。

只可惜，我们总喜欢把别人的生活当成范本，却没有把更多时间和精力用来追求真正适宜自己的生活，去走自己该走的路。

墙上的海报再漂亮，好多时候也不过是修图软件粉饰出来的完美。镜子里的自己再平常普通，却是真实的自己。

与其羡慕别人的完美，不如想办法把自己变得更好。

怎么可能不受别人影响呢？他们问。

当周围的朋友同学取得了巨大的成绩，当周围人都混得比自己好，当父母用各种明示暗示来提示自己去做对比的时候……怎么可能一点感触都没有呢？

当然会有啊。这是人性，无法回避。

我们会比较，会计较，甚至会嫉妒。

但是这些情绪上的东西，并不能真正地改变结果。

别人的成功让我们感受到的沮丧和挫败感，这些情绪本身并不能让我们离成功更近一步，不是吗？

真正应该做的，是把情绪转化成行动，做好自己该做的事，去走自己该走的路，追求自己该追求的目标和方向。

与其自怜自艾，暗自蹉叹，不如奋发努力，让自己变得更强大一点。

人生哪有什么范本，即便是你最热爱的偶像，也未必就百分百符合你的想象，也未必就完全适合你的人生。

更重要的是，我们要成就自己的人生。

生活并不总是妙趣横生，也要枯燥无聊，

但每一天，都是唯一的。

PART

02

—

仪式感，

拥抱温度

最美好的生活，
并不昂贵

很多人并不总是相信，有些享受和美好，并不一定要花很高的价钱才能得到。

譬如，阳光灿烂的日子，到街上走一走，呼吸一下新鲜空气，看着澄清湛蓝的天，身体注满了能量，对生活充满了五彩的想象。

譬如，在初春的夜晚，走出空气混浊的高楼，深深吸一口气，风中传来的是叶子刚要变绿的讯息，所有的困顿都变得无影无踪，这一刻，美到忘乎所以！

譬如，和爱人一起去看一场电影，两杯可乐一桶爆米花，这一个晚上的浪漫滋味，多少钱都买不到吧？

……

总是听好多人说：如果我有钱了，生活才会真的好呢！有钱了，可以住更大的房子，随便买想买的东西，可以四处去旅游，到达所有自己想要去的地方……

总之，偶像剧里看到的情节，被很多人在现实中不断地想象，并且以此得出“我的生活不太开心，还是因为没钱啊”的总结。好像生活永远不是当下，而是“等我有钱以后”，说来也真是遗憾。

我有个多年以来的小爱好——买花。

奇怪的是，无论是狭窄的出租屋，还是自己的房子里，只要放上两瓶鲜花，只要看到生机勃勃的绽放，只要瞥一眼，能看到那些红的黄的绿的紫的自然的颜色，在自己的房间里流淌，我就会觉得，自己富有得像个国王。

更重要的是，一点都不贵啊。

大概二十多岁的时候，就养成了这样的习惯。那时候没有钱，一个月几百块的薪水，支付房租、饭费之后，所剩无几，所以好多时候是忍着的，到了哪一天，赚了稿费，或者有了奖金，下班后第一件事，去买花！

在一个街角，有一位中年女子，日常总是用三轮车拉着鲜花在那里售卖。玫瑰、雏菊、康乃馨、非洲菊……都是些很平常的花，一束大概 20 多块钱的样子，买上三束，就可以富有半个月。

它们在花瓶里，安静地开放，悠然地散发着香气，看着我吃饭、喝水、溜溜达达，陪着我读书、写字、喝喝茶。

那时候接近一贫如洗，但是每次看到房间里的鲜花，看到阳光在花瓣上跳舞，就情不自禁，觉得生活真美啊真美！

有钱的生活究竟还是好的吧？

出国去旅行，买喜欢的包包和衣服，又或者，可以不做不喜欢的工作——大部分人，即便是自己不喜欢的工作，却还要勉强做下去。

可是，不那么有钱的时候，生活也未必不好。

真正美好的生活，其实并不昂贵。

不那么富有的时候，生活也未必不幸福啊。

重要的是，你在你的生活里做了什么，发现了什么，拥有了什么。

有太多廉价的昂贵，是我们触手可及的，而太多人总是用“没钱”作为借口，蹉跎着人生。

我有位实现了财务自由的女朋友，日常埋首于照顾孩子、打理家务和工作的奔波中；而另一个才二十出头的小女友，两手空空，每天吃点喝点，忙点自己的兴趣爱好，快乐得不得了。

那些真正过上幸福生活的人，秘诀是什么？

至少于我而言，真的非常热爱我的生活，因此觉得幸福。

用我所有的力量，去让它变得更好，更美，更适合我，我们两个彼此拥有，从未割裂过。

这就是，我的生活。

看似昂贵，却实则廉价得让我在梦中都能笑醒呢。

理想生活，
不过是在鸡飞狗跳中寻找岁月静好

我的一天：

用手机，处理了很多项工作；

给豆豆布置了很多家庭作业，因为他学习很不扎实，漏洞百出；

把厨房收拾了一下；

把家里的角落整理了一下；

烤了一只巧克力蛋糕；

带豆豆和克莱德先生去吃了一顿火锅；

……

基本上，一会儿软言细语，一会儿暴跳如雷，伴随着窗外的雨，还真是“大珠小珠落玉盘”。

尤其是在孩子学习的事情上，再多的耐心，也会被慢慢消磨殆尽。

我高声训他之后，又在隐隐担忧：隔壁邻居，一定会把我当成一个很疯狂的妈妈吧？！

可是又怎样呢？

还不是得一边声色俱厉“不好好学！我就给你增加作业”，一边走进厨房“你要是顺利的话，我们烤了蛋糕一起喝下午茶啊”。

豆豆抱住我说：“妈妈，你这样跟我说话的时候，我连写作业都不觉得烦恼了。”

啊！

你理想中总是这样的——

家里干干净净，整整齐齐，哪里看上去都是小清新。

孩子特别乖巧听话，自己能够把作业做好，学习从来不让你操心。

老公他准点儿下班，没有应酬，没有不良嗜好，他还帮你做家务，给你挡风遮雨。

……

现实总是无情。

二十多岁的时候，无数次羡慕过某些人的生活。

有一个女诗人，微博上看到的都是有一间酒吧，平素写作为生，写诗或者故事。容颜已不再年轻，但有一种面对岁月的从容，笑意浅浅的，装满了阳光。

真的是无数次幻想过，要过那样的生活。

还有一个女作家，四处旅行，今天美国，明天巴黎，好像永远都在路上。这样的人生该多么五彩斑斓啊？

……

现在轮到我自己。当我也开始听到别人跟自己说“好羡慕你的生活”的时候，才发现，咦，好像我们每个人对于“理想生活”都是有一种误解的。

因为我们看到的“理想生活”，都是过滤掉鸡飞狗跳之后的岁月静好。

平日里，喝喝茶，读读书，听听音乐，看看电影，这样的时刻当然是好的。

可是，看不到的是，为了陪豆豆学拼音的心烦意乱，为了打扫卫生的蓬头垢面，为了工作来不及好好吃饭……

也不是刻意隐瞒，只是没人会二十四小时直播自己的生活。

更何况，生活的意义，不就在于在鸡飞狗跳中寻找岁月静好吗？！

所以，有能力把那些琐碎的烦恼的甚至痛苦的时光，都变得越来越微不足道，放大自己的快乐，让日子变得越来越顺眼，这才是厉害的人。

谁的生活又不是一日三餐，朝九晚五，吃喝拉撒呢？

可是有些人过得神采飞扬，有些人活得郁郁寡欢。

是真的天差地别吗？

也未必。

哪怕是同样的物质条件下，也有着截然不同的人生面目。

你的鸡飞狗跳，就只是安于鸡飞狗跳。

而他的岁月静好，却是在鸡飞狗跳之上，找到自己的人生方向。

那些在朋友圈里热爱生活的人，都很美

闺密发了条朋友圈，挺有趣：她突发奇想，买了好多雪糕冰棍回来，跟儿女和先生一起玩挑棍儿的游戏。

她说，好多人看她朋友圈里发的，除了喝茶就是读书，看起来岁月静好；其实私下里，她也有兵荒马乱，也有心力交瘁，不想说，是因为不想成为超大的负能量包而已。

我特别理解她的感觉。

就如同，我每天拍拍花开了，写写读了哪本书，又或者，发个喝茶的图片……全都是我在忙碌奔波之外，给自己的调剂。就像是，一口喘息。

哪怕每天给自己几分钟，去发现生活的美好，都可以汲取到营养，保持着对美的敏锐感知，对平凡生活的热爱。

毕竟，每一个成年人，都在负重前行。更何况，我们有老有小的“80”后。

社交媒体，不知不觉中，已经成为我们的第二张脸。

很多不怎么见面的朋友，抑或者是根本没有太多交际的人，性格脾气全都不怎么了解，全都是通过朋友圈来了解；也有一些，工作关系，普通朋友，也是通过朋友圈走进彼此相对私密的生活，加深一点了解。

所以……我发现我会很快就不喜欢一种人，在朋友圈里发散负能量，

日子天天昏天黑地，没有一点顺心事的那种。

有个小朋友，之前接触过几次，人很好，年纪不大，但是为人处世还算比较沉稳，印象不错。

加了微信，后来我发现她跟我认识的不太一样——她喜欢在朋友圈里爆粗口骂人。

有时候是因为工作，有时候是因为遇到烦心事儿，还有些时候大概就是心情不好吧。直截了当，坦坦荡荡，骂得直接很尽兴。

但，看上去真的很不雅观。

后来我就干脆屏蔽了她的朋友圈。

因为我发现她发的，基本上没什么顺心的事儿，就好像她的生活就是这样。

有些人可能会反驳，说朋友圈就是私人领地，你看不惯可以不看呀！

的确是呀，所以我主动屏蔽了她。

但是，从某个层面上来说，朋友圈已经不仅仅是日记本，私密性没有那么强。就如同成年人要学会克制情绪，管理好自己的表情和脾气一样，朋友圈也是需要管理的。

要发泄，可以发私密消息，可以写在日记本里；但如果在社交媒体上公开发泄，只能被认为是大庭广众之下情绪崩溃，极其难看。

每个人的生活都不可能是一帆风顺的。

年轻的时候有各种坡要爬，各种坑要跳；年纪大一点，责任大了，压力大；再大一点，要面临别的问题。

但是你面对生活所表现出来的态度，就是你内心的写照——是乐观的，还是负面的；是宽广的，还是狭隘的；是积极的，还是消极的。

而现在，这些都被写在了社交媒体上，被很多人浏览，也许有些人看看走开了，还有些人，则可能对你的看法都产生改变。

我有几个特别喜欢看的朋友圈，过一段时间，我就会特意翻去看一下。

有个朋友，喜欢喝茶，朋友圈里经常介绍各种茶，今天品了什么茶，昨天有个什么感受。

还有个朋友热爱旅游，一年有大半时间都在行走世界，能够看到他独一无二的游记。

有几个朋友喜欢读书，我有时候心血来潮，就会对比着他们的朋友圈买书，那是现成而且质量上乘的书单……

他们的朋友圈里，也许只是他们生活的一小部分。

但是我却因为这个，而更加喜欢他们——偷偷地喜欢着他们，愿意靠近他们。

因为他们喜欢生活的样子，真的很好看。

他们让我觉得，平凡的生活，也能发现美；平淡的日子，也能够过得活色生香。

这何尝不是最大的幸福呢？

跟世界保持点儿距离，让幸福近一点

每当我要安静下来写东西时，我会把手机关掉或者调成飞行模式，也因此，常常有朋友在微信里找不到我，笑话我“喜欢玩失踪”。

这个习惯是几年前养成的。

当时还在杂志社上班，每天上午到了办公室，处理完琐事，打算写会儿稿子，可不时有人问东问西，或者是自己忍不住刷微博或者朋友圈，时间不知不觉就浪费掉了，非常不扛用。

一气之下，想到这个办法，居然非常管用。

每次把手机关掉，戴上耳机开始做事情，就好像跟这个世界保持了一点距离。

我后退了一点点，远离了那些爆炸性信息，远离了有事无事的电话寒暄，然后可以给自己争取到非常宝贵的一个小时的专注时间，效率很高。

有一年，我去新西兰旅行了十多天，那是我很长一段时间里感觉内心最纯净的时刻。

每天夜幕降临，晚上六七点钟，许多盛名在外的小镇已经安静下来，店铺大都关了门，只有路灯帮着匆忙赶路的人照亮道路。

在国内，要到十一二点才不情愿去入睡的人，居然晚上七八点钟就开始打哈欠，九点钟就开始洗漱，看会儿书，关灯睡觉。

很少上网，很少看手机，一天发一两条朋友圈，很少看，也很少看微博……

世界好像是轻盈了很多。

回国之后，生活好像又变得吵闹起来了，突然被扔回了那个眼花缭乱的万花筒中。

除了我们的生活的确热闹非凡，车多人多之外，还有个重要原因是，朋友圈里每天喧嚣非常，微博上日日都有爆炸话题，时不时各种新闻穿墙而入攫取视线……

看得心里好满啊。

到底是我需要这种几乎满溢的生活，还是这种生活在攫取着我的时间和精力，让我无法保持专注和旺盛精力？

每天的工作目标列好，却也总是有这样那样的事情、资讯，突发转移注意力；娱乐圈的大事小情，社会新闻里的义愤填膺，还有各种奇葩人或事，远的近的，只要出现在社交媒体上，若是没有了解，没有关注，就像是被“屏蔽”在世界之外。

真的吗？

并不是。

很少上网的日子里，我并没有错过什么。

世界还是照样运转，还是有人鸡飞狗跳，还是有人安之若素，而这个世界跟我们密切相关的事情，并没有那么多。

好多时候都觉得吵，那是资讯的尖叫声、吵闹声，那是朋友圈里有人倾吐烦恼有人狂秀幸福有人一连发十几条微商信息，带来的嘈杂，那是微博里有人吐槽有人争吵有人洗白有人黑，带来的喧嚣，那是购物软件里琳琅满目惊声尖叫“买我买我”的商品，带来的内心风暴，明明不需要，却忍不住想“也许我该拥有一套”。

……

太满了，太吵了。

被这些东西牵制着，身不由己，渐行渐远。

跟世界保持一点距离吧。稍微安静一点。

多一点时间放空，感受一下自己，想做的，该做的，能做的。

感觉这样，会更幸福一点。

嘘……太吵了，安静一会儿吧。

家里必须要有花，
心中一定要有爱

我不定期买花。

不是绿植，而是鲜花——我是绿植杀手，养过的绿植不少，但是能够存活下来的不多。鲜花倒是一直都买的。

从十多年前刚毕业租房子开始，到后来有了自己的家，一直到现在，花，是我生活中不可或缺的东西。

看上去，像是有点矫情的消费。但于生活而言，必不可少。

有一阵子，济南天气特别不好，雾霾天，外面阴沉沉的，而且寒风凛冽。

早晨，上班的上学的全都走了，只有我一个人在家。裹着衣服瑟瑟发抖地在客厅里转悠，扭头看到我放在阳台上的那束黄色雏菊。

哗！心情一下子明亮起来，仿佛一盏灯光被点燃，整个人都亮了。

在那之前，我觉得鲜花，是生活中“锦上添花”的东西；但此刻，我觉得，它是“雪中送炭”的宝贝。

它让暗淡变得鲜亮，让平淡变得鲜活，更像是一个精灵一样，在我愁眉不展的时候，“啪”地跳到我面前，给我一点惊喜，一点慰藉。

真的，家里必须要有花。

鲜花，不仅自己很美，而且能用自己的爱来慰藉和鼓舞别人。

就像是，爱。

前些日子，我的小同事们做了一个街头测试。

他们选了一个路口做了一次拍摄，那里有个公交车站，很多上班族下车之后就要走斑马线去对面的写字楼上班。

虽然有斑马线，但是没有红绿灯，所以过这个路口不但是险象环生，而且特别费时间——如果没有车子主动礼让的话，行人想要穿越车水马龙，真的很困难。

后来我看到了视频，一二三四五好几辆车子毫不迟疑地开过去，并没有停下来。

然后，一辆面包车停在了斑马线前面，等待已久的行人看到之后，忙不迭地冲他打招呼致谢，然后结伴过去，在面包车的影响下，另外一个车道的车子也停了下来。

……

讲真，我心中是非常感动的。

我偷偷猜测，这个司机应该是一个很温和的人吧？他在生活中，应该也是一个谦谦君子吧？

每个人的时间都宝贵，但是他却愿意停下来，为一个素不相识的陌生人让一让，这样的人，心里一定有很多很多爱吧？

实在是太美的风景。

一个人，无论是在生活的装点，还是在内心的装点，都要充满着柔情与温暖。

要让自己看到光亮和希望，也要用这份爱去温暖和感染别人。

并不是所有的房子，都是豪宅，但是有了花，就像是点亮了角落，装扮了世界。

并不是所有的人啊，都是成功人士，都会腰缠万贯，但是有了爱，就是“成功人士”。

让人愿意多靠近，多停留，他自己的人生也变得温润而厚重。

给别人多一点体谅，为人处世多一点谦让，以己度人，懂得换位思考，即便是我们无法成为飞黄腾达的那个人，但至少，我们的世界里，永远光彩熠熠。

爱啊，是一个人最好的装扮。

愿每个早晨，
都是被爱和阳光唤醒

自从豆豆上小学后，我和克莱德先生就开始了“分工早起”。

因为要在家里吃早饭再去学校，成了一个大工程：首先，自己得努力爬起来；其次，得去喊豆豆起床，小朋友的赖床功力绝对是顶级的，我经常在睡梦中听到豆豆一声哀号；再者，做完早饭，催他穿衣服洗刷过来吃早饭；最后，给他穿戴整齐准备好红领巾小黄帽——姥爷差不多该来了，然后目送他们祖孙俩离开。

总之，就像是一个战斗小分队，因为有分工合作，所以相对而言大家都没有那么累，而且效率还是挺高的。

我若是工作累了，第二天一般是克莱德先生起来；有时候看他疲惫，我早晨就会努力爬起来，在晨光中忙忙碌碌，洗脸、做饭，喊豆豆起床，然后自己坐在窗边喝杯咖啡，开始新的一天。

大概是我比较容易满足，有时候想一想，这样的我也挺幸福的。

有一段时间，我早晨总是不想起床。虽然睡不着，但就是不想起来，因为没有动力。

那一段时间心情真的很不好，缺乏动力，没有活力，起床之后要面对那么多的烦恼和压力，不如躺在床上，百无聊赖。

那样的时刻，无力而无奈。

给我最大帮助的，还是克莱德先生。

有一天他意识到了问题，去煮了咖啡拿到床头，一人一杯，一边跟我说话，一边喊我起床。

过了很久，聊天的时候，说起彼此的问题，他的表述让我很感动，大致的意思是：我可能不会特别浪漫，不会无微不至，但是我会在你心情不好的时候，给你安慰和鼓励，这是我能做到的。

想一想，那时候的阳光也很温暖很灿烂，但如果没有他的话，大概我根本无法感受到这些。

他们说，每天早晨叫醒自己的是梦想。

可能不是每个人都会有这么充满战斗力的生活，也不是每个人都能保持这种状态。

但是，如果有爱和阳光把我们唤醒，又何尝不是一种幸福呢？

有一天我跟我妹聊天，无意中聊起一个话题。

这些年不停地变化，不停地成长，收获了许多，其实也是有潜在的风险的。值得庆幸的是，我们从来不会觉得自己会彻底失败，因为我们相信自己有能力过得更好。

我妹说了一句话："我一直觉得，无论到什么时候，我的父母家人不会放弃我，所以我心里特别有安全感。"

是啊。我特别触动。

就是这种满满的信心和安全感，让我们在一路往前的时候，没有后顾之忧。

也许我们在选择上会有意见相左的时候，也许在某些事情上我们会有分歧，但是家人之间互相的支撑与信任，理解与帮助，是永远都不会变的。

这是真正意义上的家人。

大概是因为我们中国人很少说这种动情的话，或者，在心里想，但很少说出来，所以当我听到她表述出来的时候，是非常触动的。

想一想，这些年无论是我们，还是父母，大概都是这样仰仗和信赖着彼此的吧。

每一天，我们的生活里都充满了这种淡淡的悠长的爱。

每个早晨，哪怕我不会想起我爸妈我妹在干什么，但是我依然知道，他们的心里会惦记着我。

这种感觉，真好。

愿我们每个人……都被爱包围。

而我们作为父母，要给孩子也要营造这样的信任和爱的氛围，让他被爱环抱，被爱围绕，被爱，唤醒每一个早晨。

这样的成长，一定很美好吧，就像我所拥有的一样。

做个生活的潜水党

大概从三四年前开始，我隔一段时间就会有“消失”的情况出现。

很少见朋友，几乎不参加任何饭局，没事儿不出门，有事儿，匆匆办完了就回到自己的小世界里去。

非有不可的会面，我也一般都是带着沉默的状态出现，听别人说，看别人做，了解世界大概是什么样子，默默地记在心里，然后依然过自己的生活。

好朋友特意跟我说：“你这样深居简出下去，会脱离世界的。”

当然我也不是一直都这样，只是阶段性的。

当我意识到我的生活变得太过于嘈杂，当一切好的坏的喜欢的厌恶的都迎面而来的时候，我就会下意识地开启一个“潜水”模式，让自己潜水到生活下面去，安静地生活，做事，思考，把世界隔离开一点。

有时候是宅在家里，读书、听音乐、看电影，专注于生活的小细节，那些快乐的让我忍不住微笑的时刻；也有时候是去旅行——有了孩子之后，牵绊很多，并不容易出门的。

也许一周，也许十天后，我会重新浮出水面，见朋友，做事情，参加一些小的社交活动。

但我心里充满了笃定、沉静，不会被很随意侵占身心，不会被喧嚣淹没。

等过一阵子这些能量渐渐用光，我又会做那个“潜水党”。

我不知道其他人是怎么抵挡世界喧嚣和人心浮躁的，除了暂时的逃脱，钻进自己的小世界和书籍、电影、旅行之外，我暂时想不到更适合我的方法。

小曲是个上班族，她说感觉有点抑郁了，想去看医生。

她是个“90”后，性格开朗，热情直爽。

在北京工作，做的是策划，每天除了上班就是加班，上下班的路上用很多时间，周末的时间跟朋友看电影、吃饭、参加各种活动。“最开始我觉得特别好，看到了很多，感受到了很多，然后很努力地工作，总是会有出头之日吧？！多认识一些人对我而言非常重要……”她说。

渐渐，她觉得好像有点力不从心了，每天睁开眼睛，都有无数的事情在等待着自己，好像世界很大，人很多，精彩纷呈，可是她却分身乏术去追求那些耀眼的东西。

“我渐渐感觉不到自己了。跟闺密一起逛街打扮吃饭血拼，并不是因为喜欢，只是因为这样才是对的，大家都这样……我经常觉得自己好像是漂浮在无边无际的大海中，那么多的人，可是我感觉不到自己，完全没有存在感，一不留神，就沉下去了。”她说，苦恼的时候，晚上睡不着，失眠已经是家常便饭，脱发更是老生常谈。

我问她，能否暂时脱离一下那些圈子，给自己一个“做自己”的时间，去做点自己感兴趣的事情，让自己感到快乐的事情呢？

她犹豫着：“可是这样的话，我可能就会脱离群体，成为一个离群索居的人吧？不合群。”

我很喜欢村上春树的《我的职业是小说家》，很多字句我都看得心有戚戚焉。

譬如说到偶尔离群索居，耐得住寂寞，他可以说是个典型。

村上在二十九岁的时候凭借《且听风吟》夺得了一个新人奖，从此开始写作，但其实他在日本国内一直备受争议，用他自己的话说，甚至他所在的出版社内的一些编辑对他也都是反对意见居多。

他有意无意地离日本文坛有一些距离，不怎么参加各种评奖，也不出席当评委，更不接受采访。当然他受到过很多评论家的抨击，认为他写的东西不值一提等。

他决定要做职业作家后，搬到了郊区生活，到后来为了摆脱国内的各种复杂关系，干脆出国写作——这是高段位的潜水，让自己不被外界困扰。看上去虽然有些寂寞，甚至缺乏社会认同的存在感，却获得了更大的自由。

我们平常人可能没有这样的条件，倒不如，偶尔给自己一点时间，寂寞一下，安静一会儿，离群索居几天不是什么大事儿。

我认识一些人，只要有饭局一定会出现，只要有热闹一定会凑上前去，只要有人的地方就能看到他们。我觉得这是咄咄怪事：“他们到底哪里来的那么大的能量呢？他们真的不累吗，他们不想一个人待一会儿吗？！”

但是大部分这种人，除了八面玲珑长袖善舞之外，我很少在他们身上看到特别突出的才能或者是专注的力量，这大概也是我没办法喜欢的一个原因吧。

当你觉得身心俱疲，觉得世界要把自己湮没，觉得一切让自己喘不过气来的时候……学着做一个生活的潜水党吧，你会受益匪浅。

抽身事外，你看得会更清楚。

好好生活，
是一个女人的自我修养

出差回来，晚上十一点多才进家门，克莱德先生接过我的背包，第一句话就是：“要给你烧水泡茶吗？”

我点头，当然。

每当工作特别忙，日子特别累，或者是一天奔波劳累之后，我必须喝杯茶，才能够洗去满身的风尘，让我的心安定下来。

好多时候，夜深人静，他会喊我一声“别太晚”，我的回答都是“等我喝完这杯茶就睡”。

说起来是在喝茶。更多的是为了，有独处的时间。

忙工作，忙家务，忙各种各样的事情，好多时候，女人在不同的角色里穿梭着，却鲜少有独处的时间，能够自在地面对自我，从容地想想自己的心事。

我极力赞同女人应该有一所自己的房子，但是条件限制的情况下，女人多一点自己独处的时间，也是好的。

无论是喝茶，还是静坐，抑或者是，一个人出去走一走，散散步，成为自己，非常必要。

女人，首先要有能力让自己作为一个独立的人，思考、做事、成长。

小时候在农村生活过的缘故，我见过很多脏乱无序的家庭。

农村都是平房，房屋构造都大差不离，但是每一家的摆设风格却相差很大——简陋的几件家具，有的人家里是质朴干净的；还有的人家里，是这里一堆杂物那里一堆东西，根本下不去脚。窗子也不擦，屋里昏暗，感觉像是进了山洞。

大约是心理反弹，总之，我对于自己生活环境有一种近乎苛刻的挑剔——舒服的，适宜的，整洁的，至少让我在这个环境里是可以待下去的，而不是如坐针毡，随时准备逃跑。

一套舒服的沙发，几张坐下去就满身心都放松的椅子/懒人沙发，一张足够大能够让我写字做事的桌子……这些东西，其实要求真的并不算高，但如果能够合理地选择和摆放，就让我觉得特别爽。

前些日子，好朋友说，她快要装修了，想来我家看一看，说偶尔看我发照片，特别简洁，她很喜欢。

我想了想，我们家就是简单到彻底的那种。定一个色调，选了家具，细节部分就选择自己喜欢的小东西，仅此而已。

不接受糊弄。

也不接受别人强加给我的风格。

要在这里生活的人是我。这就可以了。

在我看来，女人要有能力把自己的生活打理得如她所愿，哪怕只是螺蛳壳里做道场，也一定有好的，有坏的。

我喜欢买花，喜欢泡茶，喜欢打理房间，喜欢爬山野餐……但是他们说，这样好麻烦吧？

买花，过四五天要换一次水、剪一次花茎；泡茶，这么多茶器，要布置要清洗；房间么，要清扫要拖地，不然地板怎么才能一尘不染？爬山啊，野餐啊，都要提前准备，回来还要清洗；

……

可是亲爱的，它们带给我的愉悦，远远超出了本身的麻烦。

在一个香气四溢的房间里，在一个窗明几净的环境里，在一个充满着自己喜欢的小情调小玩意的世界里，幸福感爆棚的感觉，实在太妙了。

我跟朋友说，好生活，不要怕麻烦。

就如同，周末午后，跟豆豆哥在厨房里烘焙一个蛋糕——去蛋糕房买一个当然省事儿很多，但是两个人分工合作一边聊天一边忙碌，家里飘荡着香气，端着暖呼呼的蛋糕在阳台上喝下午茶的这种快乐，怎么能买来呢？

我在很多事情上是怕麻烦的。

不喜欢麻烦的人际关系，也不愿意费心去琢磨别人的心思，抑或者，做一些特别绕来绕去的事情。

唯独在生活上，我从来不怕麻烦。

这像是一种幸福的能力，一种让自己的生活变得舒服而自在的能力。

最开始，也许会弱一点，但是我每多做一点，这种能力就会增强一点。

会越来越有主见，知道自己想要什么，也会越来越有信心，知道自己要去往哪里。

生活无非是，吃喝拉撒。但是在不同人的世界里，这些简单到不能再简单的事情，也会变得完全不同。

就如同农村的那些格局相似的房子，每个人都把它过成了自己的样子。有的人，勤劳简朴；有的人，慵懒邋遢；有的人，精打细算；有的人，华而不实。

有的人是在生活。而有的人，只是活着。

重要的是，你看自己想要的、喜欢的是哪一种，哪一种让你觉得的舒服自在呢？

我觉得，抛开纷纷扰扰，好好生活，把自己的日子打理好，是一个女人的自我修养。

这跟你的收入无关，跟你是单身还是已婚无关，跟任何别人都没关系。

只跟你自己有关。

爱自己，自然也会爱生活。

舍得浪费时间
给自己

周末的上午，睡到自然醒，踮着脚尖走出房间。

煮一壶咖啡，香气弥漫中去洗漱打理自己，端着暖暖的咖啡坐在阳光里，懒懒地翻几页书，看时间差不多，唤醒孩子，吃过早餐，做事情。

他在书桌对面写作业，我在这边码字，书房里只有键盘轻轻的敲击声，偶尔他举着本子让我看“这个字是不是写得很棒”。

除非有特别重要的事情或者是要加班，克莱德先生的周末是可以睡到“睡无可睡”的地步，除非他自己醒来，我绝不去喊他，也让豆豆哥小点声，不要吵醒爸爸。

豆豆上小学之前，周六的上午，我们一般会钻进厨房一起做烘焙——把他稳住，这样才不会总是想去找爸爸；到如今，写完作业，也会跑去玩会儿这个，做会儿那个，一起拿着手机翻做饭的软件，讨论做哪个蛋糕更好吃一点。烘焙这种暖香的时刻，在周末，会让一切变得特别美，就像是加了滤镜的生活，怎么看都美。

和孩子的亲密时光，烘烤时甜蜜到令人心醉的香气，出炉后一起品尝的快乐，实在太迷人。

阳光很好的周末下午，我们会喝下午茶——我泡一壶茶，给他做一杯奶茶或者热可可，守着一块蛋糕或者一盘点心，聊聊天，满心欢喜地准备，能记住这种快乐啊，永远都不会忘。

还有些时候，常常去爬山，我们家周围有大大小小的山峰，我们曾经走过很多。

……

把时间浪费在美好的事物上，尤其是周末，很用力地挥霍。

我一直以为大家的周末都是大同小异。

慵懒的，闲适的，把这一个周的忙碌和疲惫全都洗去，像是一次重启，让自己满血复活。

后来我才发现，并非如此。

一是，现在越来越多的朋友是二胎家庭，不说鸡飞狗跳，也算兵荒马乱，忙得找不到头绪。

还有一种是，我有个朋友说，周末比平时还要忙还要累。因为要洗衣、打扫、照顾孩子再加上做一顿好吃的饭菜，平日里工作很忙，许多事情来不及做，于是周末就不得闲，忙得团团转。

喔，好像真的会有这个问题。

刚结婚那两年，我也有过相似的感觉——平时好忙，来不及打扫来不及清理，到周末反而堆得满满的事情。

后来干脆请了个钟点工，每周来打扫一次，一个下午的时间，彻底地清理，那时候家里人少，也没孩子，所以维持一周，完全不是问题。

总之那几年，周末好像也过得挺闲适的，做一杯果汁去阳台上看书，搬把椅子到院子里去发呆，抑或者是睡上整个下午，日子变得慵懒而迷人。

我跟那个很忙很累很疲惫的朋友说："你试过吗，让自己浪费一点时间？"

她摇头："没有啊，我从来不敢浪费时间。"

除了忙家务，就是忙孩子，不然就是钻进厨房研究怎么做一大桌子菜，改善一下这一周的生活——平日里总是忙，做得不够五花八门吗。

很少留时间给自己。更不要提，把时间浪费在那些没有意义的事情上，比如发呆，或者睡觉。连喝杯茶的时间，都捉襟见肘。

……

对于普通女性，职场女性而言，虽然压力比较大，时间比较紧，但是也没有紧张到不能善待自己的地步。

如果不舍得浪费时间，不舍得让自己去享受生活那些小惬意，就意味着会错过很多生活的趣味，也意味着让自己不得休息，何必呢？

在我的印象里，农民们很忙很累很能干，但是他们也有毫无意义地浪费时间的美好时刻。

譬如，冬天里，很多人会蹲在阳光很好的墙角晒太阳，一起闲聊，一直到吃饭的时间，才拍拍屁股回家；譬如，夏天里，趁着太阳出来前去地里做活，等到太阳晒得很毒了，便回家了。回到家做什么呢？

有些人做点手工活，还有些人就是在树荫下乘凉，尤其是到了晚上，我们会在街道两边铺上席子，躺在上面聊天，乘凉，闲说话。

关于儿时，有很多很多事情我都淡忘了，但是这些浪费时间的快乐时光，却始终像是电影片段一样，在我心中留下深刻印象。

因为这些时候，是忙碌之后的长舒一口气的惬意，是奔跑之前用心呼吸生活的聚集力量，是真正好好地享受生活享受日常。

你是该学会浪费点时间了。

不要假装忙碌假装努力，却只是内心焦虑无所适从。

生活，
是微苦里又带点你给的甜

下午出门，顺便把垃圾带下去。

一个很大的袋子里，零零落落装了些瓶子纸盒子之类的。及至我放到垃圾桶，刚走开几步，一个大爷便移步过去，大概是要挑拣些能回收的东西。

我突然有点愧疚，因为今天没分类。

平素里，我是会把厨房垃圾和能回收的物品分开的。我知道，有些人会去翻垃圾桶把一些纸壳、衣物或者瓶子之类的拿走，也是为了不要让他们弄脏手，尽量单独放。

算是给人一点方便吧。

忘了是有人叮嘱我，抑或者是我叮嘱豆豆，扔垃圾的时候，若是有钉子、玻璃碴之类的尖锐物品，一定要单独包一下，醒目一点，再放到垃圾袋。

“否则的话，去翻垃圾的人可能会被扎伤。”

他们的生活已经不易，设若我们稍微体谅一点，尽管他们并不知道，但总是会在略苦的生活里加一点甜吧？

我这样想。

有时候，我也会千头万绪焦头烂额。工作的事，家庭的事，人际关系。除非一下子了断，否则哪有什么简单的？

偶尔捧着手机，想想自己的烦恼，看看别人的苦楚，真是“大家都不容易啊”的感觉。

即便是想要吐槽的某个人，或者很不喜欢的某件事，突然移到对面的地方想一想看一看，也就生出些怜悯之情：“哎呀，都不容易。”

尽管还是会有点抗拒，也或者有点情绪，但总是会放下一点点，不自觉就后退了小半步。

设若那点点体谅，能够让事情变得更容易一点，哪怕没人知道，大约，天空也会更蓝一点点吧？

我这样想。

因为自己也遇到过被善待被体谅的时候啊，格外感激。

前些日子有件事。有一张去年办的卡，到要用时才发现已经被冻结了。打电话咨询，服务人员说必须去银行柜台办理。找最近的银行，中间还被导航弄得迷了路，打电话过去，工作人员很细致地告诉我怎么走。

到银行已经四点半多了，人不多，但已经开始清账。大堂经理是位三十多岁的女性，看我着急，她就先问了别人怎么办比较快，又带我去另外一个桌子前，交给一个正在忙的工作人员。

那也是个三四十岁的女人，穿上制服多了一份严谨，但我也能想象出她平时的热情爽快。

她手指飞舞开始忙起来，又喊领导出来授权——那位微胖的中年男子，就站在旁边一会儿按手印，一会儿又按手印。

前后大约一刻钟，终于搞定，我连声说“谢谢”，毕竟是我来得晚。

窗口已经清账，只能去自动取款机，我担忧一定会很慢，怕停在门口的车被贴罚单……大堂经理说了声“跟我来”，带我到外面的自动取款机，动作麻利帮我处理。

我突然发现，她只穿着工作服没穿大衣，外面气温低。那种感动，无以言表。这原本也不是她的分内事，大约只是，体谅吧。

有一种，突然被全世界善待的感觉。

为人处世，待人接物，若是多一点点温润和体谅，对自己是举手之劳。于别人，却可能是雪中送炭。

生活好多时候是微苦的。

但若我们能够有意无意地为别人通融一点，加一点点甜，会不会阳光就更灿烂一点，自己的内心也更快乐一点？！

《骆驼祥子》里有个小段落，有一位老车夫晕倒在茶馆里，周围的人七手八脚扶他起来，惜财如命的祥子听说他没吃饭，跑出去买了十个羊肉包子给他吃。事后，祥子觉得非常痛快。

“他向来没有轻易撒手过一个钱，现在他觉得很痛快，为这一老一少买了十个包子。”

赠人玫瑰手有余香。

大约，就是这种痛快吧。

谁能没点儿小心思

我啊，看似乐观，却总是有点悲观主义。

譬如，我总是害怕我喜欢的店，有一天会忽然关门；又或者，会在经营的过程中，品质下降，大不如前。

也因此，我时常会忽然想起它们，在心里惦念：但愿一切都还好啊。

有一间经营瓷器、茶器的小店，我甚是喜欢。

它开在小区商业街上，门面不大，推门进去，是风铃的“叮咚”声，迎面而来的，是高高低低的木头货架，琳琅满目的瓷器用具；店主是个很用心的人，每一套茶具，每一只茶盏，每一个香炉，都精心摆放，营造出一种小氛围，很有味道。

每次去，看看盖碗，看看杯子，再看看香炉、茶席，爱不释手。

每一样小玩意，都能看到店主的心思，对物品的精挑细选，以及真正的热爱和投入，自然也能投射出对生活的关注与热爱。正是因为有这份认真与喜欢，才能让来的人也感受到，喜不自禁，忍不住下手买点什么。

后来跟店主熟悉了，会一起喝杯茶，聊聊天。

她是个很慢的人，说话慢悠悠，做事也慢悠悠。会跟我讲我看中的那个杯子是什么材质，什么工艺；也会跟我讨论在喝的这泡茶，产自哪里，今年的口感有什么不同；又或者，跟我说说她喜欢的串珠等等。

我扭头看大大的玻璃窗外，人来人往，车水马龙，可是眼前的这个人，还有这杯茶，却让我有一种“出世”的感觉，真好。

我时常想，但愿她生意一定要好啊，这样就可以长长久久地存在下去，美好而独立。

在这条嘈杂的街道上，这家店，就像是一方小小的世外桃源，只要推门进来，就能把好多烦恼与喧嚣，都挡在外面，只留下静谧，轻缓与舒畅。

还有一间店，是做美食的。

有一年夏天，我透过一个当地的美食博主关注到它，叫了几次外卖，味道还真是好——是一种偏甜口的麻辣肥蛤，吃得满嘴鲜香，真是回味无穷。

尤其是夏夜，要一份肥蛤，开一瓶啤酒，两个人开怀大吃，实在是一件幸事。

隐约中我常想啊，如果他们可以一直做得这么好吃，会是一件多么棒的事情啊！

冬去春来，四季轮回，我又开始定他家的肥蛤，照例那个口味，照例那些东西，打开来，兴冲冲地打算大快朵颐的时候，却发现：“咦，怎么好像……有点差了呢？！”

原本都是满满肥肥的肥蛤，这一次有好多空壳，我一边挑拣一边遗憾：怎么会这样啊？！

心想，也许是偶尔的吧。

后来又定了一次，还是如此。

真是不忍心，但是在我心目中“美好小店”的名单里，它被划掉了。

我们很多人心目中，大概都会有这种美好的惦念，也隐约有着一点担忧，就像是怕花会凋谢，怕美好被玷污，怕纯净被沾染。

因为爱得深，就格外忐忑。

尤其是有太多人为因素控制的事情，更是会有这种不安——太知道人性的善与恶，太清楚人个性中的软弱与缺陷，无法坚守初心，并不是不想，而是面对的诱惑太多，又或者面对困难的时候无法解决，抑或者，变得越来越贪婪。

很多小店，最开始美得不可思议，后来却变得面目全非。

就像是人一样。

很多人年轻的时候美到不可方物，年纪渐大，却狰狞起来。是内心的私欲、贪婪和各种小心思，让他渐渐变了模样，不复从前的美好。

正因为太清楚这些，太了解这些，愈加珍惜和惦念着那些美好的小店，希望它们好，也努力去懂得它们的好，多一天，是一天。

毕竟，它们为我的生活增添过那么多美好的事物，还有瞬间。

我哪有时间丧？
开心还来不及呢

电影《大卫·戈尔的一生》是多年前的老片子了。当时的凯文·史派西和凯特·温莱斯特还都很年轻，很貌美，是男女主角，撑起这一个悲剧故事的大梁——

大卫·戈尔原本是个成功者。

哲学教授，满腹经纶，出口成章；虽然妻子的外遇让他的生活偏离轨道，但他有个超级可爱的儿子；他受到学生的爱戴，同事的拥护；是公益组织“阻止死刑”的主要成员……然而，一夜之间，这些都成了云烟——他在酒后与被开除的女学生发生关系，第二天就以强奸罪被逮捕。

虽然后来撤案了，但大卫“强奸犯”的标签却被牢牢地打上了。

被大学扫地出门，妻子要求离婚并带走了儿子，求职四处碰壁，勉强找一份糊口的工作，公益组织里的人还在琢磨着把他踢出局……

他开始酗酒成性，四处游荡。

唯一愿意收留他并且给他温暖的，就是他从前的助手康斯坦斯。

有一天，他被逮捕，罪名是奸杀了康斯坦斯。

……

被注射死刑前四天，大卫·戈尔联系了女记者贝茜，声称自己被诬陷，委托她调查真相。

最终贝茜找到了答案，但是大卫已经被注射死刑。

对他而言，这是一个早就设置好的结局，因为他爱的人都不在身边了——

最亲爱的儿子被带去西班牙，连通话都被前妻禁止；

并肩作战的同伴康斯坦斯得了白血病，时日无多……

他那满脑子的哲学历史，一肚子的哲理名言，到最后都苍白无力，无法拯救一个丢了最爱也丢了灵魂的人。

听过那么多道理，仍然过不好这一生。

我并不认同这句话。

但是在某种意义上而言，稍微修改一下，好像是可以的——若是失去心中至爱，再也燃不起快乐的火苗，永远都不可能过好这一生。

从前看三毛的书，特别钦佩她的才华横溢，洒脱不羁，觉得这样风一样的女子啊，满腹的才华，充盈的灵气，怎么会选择自杀呢？

百思不得其解。

一直觉得她应该是一个活得特别通透，特别痛快的人，看淡生死，看透生命。

但如今再想一想，好像自己之前的想法太过幼稚和简单了。

对她而言，荷西的离开，意味着她生命的一部分随之而去了。换言之，接下来的日子，不过是乏味的消磨，痛苦的煎熬。

懂我的人已经离开了，这世界上从此就剩下与我无关的喜怒哀乐，灯红酒绿，没有人来聆听我的心声，也没有人来懂得我的悲喜，所以，还有什么意义呢？

终于还是走了。

虽然觉得很遗憾，但好像也不得不理解。

看一个剧，我很喜欢其中一句对白。男女主角吵架，闹得不可开交，冷战了好几天。和好的那天，男主角说："我问过我自己了，我的人生里没有你行不行？答案是不行。所以，还有什么好计较的呢？不跟你生气了。"

这么想想，倒也是。

我们太过于计较一些小事情，小问题，小利益了。

一点点琐碎，一点点烦恼，一点点计较，会成为生活中很糟糕的负面积累。换一个角度去想想："我这么跟他计较能够让生活更开心吗？又或者，我离开了他会过得更好吗？！"

如果答案是，会过得更开心，那就不要啰唆，有多远走多远；而若是否定的话，那就放下矫情。

有时候在网上看一看，满屏幕就写着一个大字——"丧"。

工作不开心，爱情不顺心，婚姻不舒心，家庭关系处理不好，人际交往一团糟糕，好像什么都碍眼，又好像什么都不值得去留恋。

为赋新词强说愁，原本是十几岁少年少女的专利，如今却渐渐蔓延到了二十岁甚至三十岁的人中间，好像活得辛苦悲催是一种专利。

明明没有遭遇过什么悲伤、痛苦、打击、绝望，却偏偏要活得死气沉沉、压抑无比，这不是世界欠我们的，是我们亏欠自己的。

我们要爱那些真正爱的人和事还来不及呢，享受快乐和幸福还来不及呢，追求梦想和未来还来不及呢……哪有那么多时间去丧？

失去了才懂得珍惜这种事，还是不要去验证了，太没意义。

道理懂得再多，书读得再多，都不如一个简单朴素的念头：珍惜眼前人。

珍惜爱你的人，珍惜你爱的人。明天和意外，不知道谁先来。

能爱的时候，用力去爱。

我哪有时间丧？

开心还来不及呢。

爱读书的女人多了不起

那天，不知道谁提了一个问题：“超过三个月没读书的人举个手。”几个人齐刷刷把手举起来，嘻嘻哈哈地调笑一番，有个小朋友说：“我从毕业之后就再没读过书。”

看到我惊讶得差点连下巴都掉了，他们补充说：

“很忙啊，读大学的时候还去图书馆看看书，现在工作了，根本没时间！”

“要上班，要约会，要恋爱，要见朋友啊，哪有时间读书呢？”

“手机上很多好玩的啊，视频啊，段子啊，游戏啊，哪有心情读书？”

“以前读书是没办法，现在终于逮到机会不用读了，干吗还得为难自己？！”

……

每一条都挺有道理的。

虽然我不认可。

每隔一段时间，就有人发国外地铁车厢里，很多人拿着一本书在认真读书的图片；又或者某个明星想要做“与众不同的人设”，最好的办法就是塑造爱读书的形象，随时随地拿本书做冥思苦想状，就可以在接受访问时说几句“我读过的那本书里说”……很多人都吃这一套。

哪怕是不爱读书的粉丝和小年轻们，也会以“我的爱豆爱读书”为傲，就好像是那些书也读到了他的脑子里一样。

跟一个年纪大一点的朋友吃饭，闲聊说起媒体及出版业的现状，现在读书的人越来越少了吧，年轻人都在忙着玩游戏或者玩别的，他们追逐热点，追逐明星，追逐网络游戏，喜欢在虚拟的世界里放飞自我。

“那以后呢，以后会怎么样呢，等这些年轻成为社会的主流之后？”朋友不无担忧地说。

我笑起来：“本来喜欢读书的人在社会中的占比就没有那么大吧？以前是，现在是，大概以后也会是。”

真的是这样。

只是，以前没有那么多人忧心忡忡，没人在社交媒体上大声疾呼“你们怎么不读书”？

爱读书的人还是在读，不读的总是能找到让自己开心的方式，只不过以前是溜冰、打台球，或者玩别的，现在大都在玩手机游戏罢了。

读书只是可供选择的生活方式的一种。

《刺猬的优雅》里，门房勒妮平时看起来是个严肃的不苟言笑的女人，她平淡无奇，拒人于千里自外。

但是私下里，她有一个完美的藏身之处——一个小书房，堆满了书，每天做完杂活儿，收工之后她会坐在那里安静地读书，一边摸着手边的黑巧克力，一边沉浸在字里行间。

那才是真正的勒妮。一个优雅的女人，一个从未被生活抹掉棱角，从未被悲剧人生打败的女子。

那所豪华公寓楼里的很多人从未真正认识过她，她骨子里的优雅，只有真正懂的人才看得到，那才是真正的心心相印，令人愉悦。

毛姆说，养成读书习惯，也就是给自己营造一个几乎可以逃避生活中一切愁苦的庇护所。

它让我们从心底深处，更加认识我们自己，也更加笃定，更加自信，更加自爱。

勒妮如此，我们也是。

夜晚睡不着，我会蹑手蹑脚地从书房里找来 Kindle，把亮度调到最低，看会儿书，尽量不打扰到克莱德先生，困了再睡；工作累了，我会倚在沙发上翻几页书，有时候看得寡淡，也有时候看得兴奋；在茶余饭后，在清晨或者黄昏，在心情浮躁或者繁杂的时候，读几页书，滤去我的忧虑。

我这样做，并没有什么与众不同，而是我觉得，读书的时候，我会更像我自己。

我会放下那些琐事，在那些字句中寻找我的心灵呼应，在精彩的章节中看到自己的影子，我会忍不住为某个片段叫好，也会在某个时刻黯然伤神。

读书不是一件多么了不起的事。

那些从来不读书但是可以把生活打理得井井有条，精神世界充实明亮的人，也着实了不起。

可是我做不到。

所以我时常需要读书，需要去寻找一些心灵的引导和慰藉，去为自己的困惑找到答案，让自己的内心不再像浮萍一样漂浮不定，而是能够生根，发芽，坚定自我，做我自己。

焦虑烦恼时，
给自己整理一个洁净的空间

2005 年前后的秋天，我刚穿上那件新买的毛衣，克莱德先生给我拍了张照片。

我们的周围，是皱巴巴没叠的被子，散乱扔着的书，桌子上更是……薯片、瓜子，废弃的包装袋，楼下租来的 DVD，很大的一张写字台，竟然没有一点空间。

过一段时间，那张照片就会在我的面前浮现，我甚至有时候会自嘲地想 :“当初婆婆是怎么忍受我的呢？”

虽然只是在我们的房间里作，但是作为从事医务工作多年一直热衷于把家里打扫得井井有条的人来说，婆婆想来也是忍了又忍的吧，真的是难为她了，我发自内心地说。

我都不敢相信那是我曾经住过的地方。

在我的记忆里，少女时代给自己打理出来的那个巴掌大的小房间也只是井井有条的，床铺整理好，桌子上每一样东西都放在我熟悉的位置，“床”下的空间放了几个盒子，里面都是我的书和试卷，总之，我在那个空间里很自由，很舒服，心里很安定。

每天晨起读书、吃饭、上学，晚上回来继续学习，直到睡觉。

想一想，2005 年前后大概是我最惶恐不安、心乱如麻的岁月，当时面临毕业。毕业前后，因为户口、档案各种悬而未决的事心乱如麻，所以心里总是乱糟糟的；及至后来事情陆续搞定，可是对于未来总是有很多的不确定性，譬如那份薪水很低的工作是否能够坚持下来，譬如这段看似还算稳定的恋情能走到哪里去……

真正杂乱的是我的心情。

如今，克莱德先生偶尔说我有“后天性洁癖”，因为我特别喜欢打扫房间。

用吸尘器把地板所有角落都打扫干净，把家具擦拭一下，书橱柜子容易积灰，清理时顺便翻一翻感兴趣的书，有时候会停下来很久，多翻几页，心里觉得蛮高兴的。

平日里匆匆忙忙堆积在衣橱里的衣服，全都抱出来，清洗，或者是重新折叠、鼓起来，让它们重新精神抖擞地在衣橱里等待着下一次被召唤。

有时候，我会对豆豆的房间来一次大扫除，就像是一次发现之旅，会找到很多他的“发明创造”——某一天画的画，充满奇思妙想；从陶土课带回来的作品，是一辆有进步的小汽车；抑或者，他用奇趣蛋的包装做的那只小船，看上去很简陋，但是我每次擦桌子都没舍得扔掉，因为我还记得他第一次做出来时放在盛满水的洗手盆里，然后惊喜地大喊“妈妈，我的船没翻啊”，他甚至给它做了一个小帆……

当然，也教会他扔东西，学会断舍离。

几乎不会再用的东西，以前懒得扔掉的用完的画笔，抑或者一些其他的东西，不该堆积在房间里，占据着宝贵的空间，该扔的一定要扔掉，这样你珍惜的那些，才会真的被珍惜。

清理房间，打扫卫生，很辛苦的。

每一次大扫除结束，大汗淋漓，给自己泡一壶普洱，坐在餐厅里环视四周，有一种坐拥天下的感觉：啊，我的世界，这么好啊！

想一想，我们和环境，一定是互相影响的。尤其是我们生活的空间。

若是它是洁净的，整齐的，哪怕简陋但至少窗明几净井井有条的，我们的心就会不自觉地安静下来，踏实下来，甚至原本的浮躁都会被过滤去大半，糟糕的心情也会有点点治愈；但它若是混乱的，糟糕的，甚至让人无法插足的，即便是拥有很多物质，很多昂贵的东西，那也容易让我们产生浮躁感。

像是一个恶性循环，很忙所以没时间打理，所以就越来越乱；越来越乱看着也很烦躁，所以懒得打理……

做一点体力活，在切实的工作中梳理自己的情绪，是一件很棒的事。

擦拭镜子，清理地板，整理厨房的过程中，我会很专注于这个污点有没有擦干净，会在意镜子是不是依然很花，而不是想三想四，为过去难过，为未来担忧。

没错，现在最重要的是手上的这件事，是当下的生活，是这一刻。

这未尝不是一种修行呢？

……

工作日，他们都不在家，只有我一个人在房子里。

我醒来的第一件事，一定是抽出半个小时，打扫家里，让它变得更洁净，更舒服，更适合让我在这里走走停停，静静想想，我在洁净的空间里，感受到自己在舒展身心。

浮躁的时候，焦虑的时刻，或者心不在焉的日子，不妨，拿起抹布，操起吸尘器，先给自己整理一个舒服而洁净的空间，然后再舒舒服服地烦恼或者发呆。

也许，就治愈了呢？

把日子过得风轻云淡的人，名字叫幸福

书里看到一段话，觉得很有趣：

“写作者不乏自主时间，当然啦。没人认为他们在工作，别人要上楼找他们，无须提前告知，并无必要。他们永远在家，喝着茶。”

看得我忍不住吃吃地笑。这当然是很多人的误解。

写作者抓耳挠腮的时候很多，思路堵塞，灵感缺席，叫天天不应喊地地不灵，极其痛苦。

更不要提，写作是一件体力活。村上春树也因此从年轻时就开始坚持跑步，他在自传随笔集中说，就是为了能够有体力保持稳定的写作状态。

没错，作家看上去总是，自在的，悠闲的，永远有时间的。

他们喝茶，读书，出席签售会，与粉丝见面握手拍照，笑意吟吟——也因此，很多文学青年都很向往作家的生活。

但在人们看不到的另一面，是长期伏案写作的劳累，是冥思苦想的焦虑，是成功失败在内心引起的焦灼……很少有人说，大概因为这是每一项工作都会有的“必要”的部分，没什么值得诉苦的。

就像，模特们看上去走个秀拍个照就能大赚特赚，但是他们为了塑形为了保持身材吃的苦却不是任何人都能够承担的；摄影师看上去“咔嚓”按下快门就能赚钱，还能行走世界看尽风景，但是他们为此要进行的大量

的学习，时间和精力上的大量投入，甚至身处危险境地，却是很多人并不了解的。

……

好多时候，我们看到的那些人的日子如此风轻云淡，不过是因为他们能够举重若轻，能够把那些辛苦努力和汗水变成脸上的微笑而已。

小朋友跟我讨论工作，结束时感叹说："你太忙了！"

哈，我回她一句："这就是人生啊。"

也不是故意老气横秋，而只是觉得，这才是人生该有的模样。

有忙碌，有付出，有投入，有耕耘，才会有收获，不是吗？

离开杂志社后，很多人表达过对我的"羡慕"："你时间自由，太羡慕啦！"

看上去，好像是这样的。

我的工作时间相对自由，写文章这种事，想写就写，不想写也没人逼着。所以有时候别人在上班我可能正在家里泡一壶茶，还有的时候，大家的工作日，是我出门旅行休息的时间。

但，这只是事情的一面而已。

我也会因为一项工作从早讨论到晚，也会在周末假日加班——只是不在格子间而已；写作这件事，若没有长期的坚持和勤奋的锻炼，根本不可能持续好的状态，更不可能精进的。

越是没有人管束的时候，越要有很强的自制力才行。

若是不想做金丝雀或者是被豢养的宠物，若想要自食其力，嘿，不做事不努力怎么能行呢？

只是，我们要做得投入，也要学会举重若轻。

不因为辛苦而委屈抱怨，不因为付出而满腹牢骚，不因为投入而要求每分都有收获，这是我们该做的事。

相信努力的力量，相信会有回报，慢慢走，总会有春暖花开的，我一直如此坚信。

从学习到工作，从生活到婚姻，有人过得步履蹒跚满腹怨恨，而有人举重若轻风轻云淡，除了方法问题，更重要的是心态。

上学时，曾经半夜趴在被窝里开着手电筒做题，至今也没觉得是多么了不起的事，想要上一所好大学，这是应该做的事。

好朋友在大学工作，不坐班，薪水也不错，听上去真是再理想不过，但是她们也要与时俱进学很多东西，要备课，要跟学生交流，要写论文，要考博，所以哪里容易了？

喜欢的事情，就不会觉得难，而应付的事情，就会觉得难于上青天。

二十多岁的时候，看谁的工作都挺好，觉得事业单位好薪水高工作轻松，觉得国企好多稳定啊，觉得学校好，一年有两个长假实在太赚了，觉得……总之，看谁都过得挺好的。

到后来才发现，每个人都有辛苦的那一面，每份工作都有艰难和风险，而真正过得好的人，不过是把事情处理得妥当，能力不足可以学习，但是若心态不好，就永远都活在水深火热中。

那些动辄就喊自己多累多辛苦的人，未必真的辛苦和疲惫，也未必做出了多大的成绩，他们只是总像委屈的孩子，觉得自己应该获得更多，却没有，成了心态上的恶性循环。

长大后，我再也不羡慕任何人，只认真付出我该付出的，做我想做的，成为我想成为的人。

每个人都有能力成为一个风轻云淡的幸福的人，只看你，愿意付出多少。

幸福啊，
就是父母在身边的家常味

我有很多事情，是不学的。

是偷懒，我承认。

更要紧的是，我时常觉得，这些事情，只要父母在，我就不学；而只要想起它们来，就会想到父母。有一种无声的温柔，细腻的温存。

对于我们这个年纪，跟父母不习惯耳鬓厮磨的子女来说，大概算是一种另类的亲昵吧。

譬如，我从来不自己包饺子。

结婚到如今已经十多年，我几乎没有单独包过饺子——在我家的厨房里，我妈倒是做过包子、饺子这些，而我却是从来没有“独立”做过的。

像是一种执念，总觉得，饺子是应该跟母亲、婆婆一起做的，是应该在长辈的家里吃的味道，是一家人整整齐齐地坐在一起，热气腾腾地端上来，热热闹闹地招呼着“快趁热吃，馅儿凉了不好吃”，又或者“今天的韭菜肉饺子特别好吃，快来”，有人忙着蘸醋，有人吃一点蒜泥，总之，这才是吃饺子的氛围。

三口之家，虽然也自己生火做饭，甚至连麻烦一些的蒸馒头、做面包这些事情都学得来，但心中却一直不想学包饺子。尽管从小学四年级开始，我就是擀皮儿专业户。

就是想把吃饺子的那份热闹一直留着，慢慢发酵，慢慢享受。

这两年多，我妈跟我们分居两地，她在北京帮妹妹照看孩子。每回临走之前，她都会包一些饺子给我冻起来，放在冰箱里，让我们在没时间做饭的时候应急。

奇怪的是，我们总是想不起来吃，有时候甚至觉得家里没什么可吃的，要点外卖或者随便凑合，也想不起来吃那些水饺。

大概还是我的习惯在作祟吧。

关于吃的，还有一桩小事。

那天我做了一道凉菜，把嫩黄瓜切了条，备用；锅里热油，肥瘦相间的肉切成丝，稍微用生抽腌一下，倒进锅里炒熟，尽量把油都逼出来，然后连肉带油一起倒进黄瓜的盆里，加一点盐和鸡精，拌一下，是一道清爽又解馋的小菜。

吃了几口，克莱德先生突然笑着说：“你们家这个菜，虽然做法有点‘蛮’，但是味道还真是不错。”

好像也是。

我从小到大常吃这道菜，但是除了我爸做，别人家我没怎么见过，不知道是不是他的发明？

我虽然大体知道做法，但是不常做，自认没有我爸做得好吃，所以除非偶尔没菜可做了，拿来应付一下，总是不会太难吃；但每次想吃这个菜，还是我爸做得好吃。

大约这其中有什么步骤我做得不对，抑或者有什么调料被我漏了，但我也不肯问他，下意识地不想学。

想吃这一口了，就回家让老爸做来吃，说“你做得最好吃”，他也蛮开心的。

前些日子，豆豆哥的校服发下来，我一看就傻了眼，之前报尺码的时候心里没有分寸，结果太大了，上衣还能应付一下，裤子却是非常长的，拖地都不止。

第二天要用，天色已晚，附近的裁缝店也都下班了，我妈说：那我给他缝几针就行了嘛。

晚上七八点了，爸妈带着针线来我家，我妈戴上老花镜，测量完毕，先粗粗地固定一下，确定长短合适，再用针线细细地缝好。

让豆豆哥一整套都穿起来，西装西裤白衬衫加上领带，小孩子觉得好玩，老人们已经乐得拿起手机拍照了：“太帅啦！”

家里的针线活，到如今也是，不是婆婆，就是我妈来做。

前些年，我对针线活突然有了兴趣，曾经几天之内缝制了好多个抱枕，甚至还做过沙发套。后来兴趣消退了。

我到现在还记得，我们结婚前，婆婆去丝绸公司的门店里买了几条丝绸被面，找出老家带来的新棉花，在家里一针一线给我们缝被子，这种场景特别温馨，也特别动人。

后来豆豆出生，小被子小褥子小枕头还有一些小衣服，都是我婆婆操刀来做的，甚至还搬出了多年不用的缝纫机，不太好用了，勉强凑合着用，做了不少小衣服出来。

我妈做针线活也蛮好的，自己也颇为得意，有一回克莱德先生很喜欢的一件衣服破了个洞，舍不得扔，我妈看见了，缝缝补补一下，居然毫无违和感。

这样的细节在生活中像是细细的沙子，不起眼，但却舍不得扔。

风吹来的时候，泪眼婆娑，因为那些不起眼的爱，如同光影流转，在这一刻扑面而来，让我心中满满都是暖。

幸福啊，不过就是有这些家常味。

是看着阳光下带着老花镜的婆婆一针一针缝被子，是听着老妈一边碎碎念一边包饺子，是老爸得意地端来一盘菜，笑着宣布：“我今天做得非常好吃！”

我有这些，就够了。

只要父母还在，这些事情，我永远都不想学。

因为真的很想在这温情里，再撒一会儿娇啊。

假装生活的人

曾经有一度，朋友圈被一篇题为“假装生活”的文章刷屏。

大概很多人心有戚戚焉，毕竟生活的压力，内心的焦虑，对未来的迷茫，这些人人都有。

都是平头老百姓，是忙忙碌碌的工薪族，是跟朋友聊会儿天就会聊到房子、车子、孩子的普通人，很多人以前没意识到，但是被几句话戳到，猛然觉得自己好像也是“在假装生活”。

假装生活的人，不止在北京。

哪里都有。大城市，小乡镇，甚至农村里。

一个人对生活的态度，决定了他是附身生活的河流，热情蓬勃地活着，还是行走在浮躁喧嚣之上，随波逐流地跟随着。

这跟在哪儿没关系。

只跟一个人爱不爱生活，是否认真地去对待生活，以及对把日子过好的能力有关。

有的人看上去在朋友圈里活得很好，还有些人，却只在生活里体验着压力和烦恼，

假装生活的人到处都有。而会生活的人，却不分在哪里。

晚上，我们在楼下散步，累了坐在小广场的椅子上休息。

旁边一对中年夫妻在聊天，谈到某个朋友，女的感慨说：“在北京一

个月挣那点钱，每天挤地铁挤公交车，累得要死要活，一辈子也买不起房子，活得多累啊……”男的没吭声，大概是默默赞同。

这好像也是我们许多人——尤其是生活在二三四线城市的人，对于在大城市里辛苦打拼的人们的“共识”，觉得他们压力好大，好辛苦，哪里赶得上我们在一个小城市里安逸地活着呢？

殊不知，在我们这般感慨的时候，农村的阿姨叔叔也在嘲笑我们：“城里雾霾那么厉害，吃得还不安全，哪里比得上我们天蓝水清，吃的都是自己种的瓜果蔬菜，你们何苦来？！”

鄙视链上的每一环，都拴住一个无法理解别人同时也无法被理解的我们。

几年前，我跟我妹简单地聊过这个话题。

她毕业后就去了北京，工作了两三年后在燕郊买了房子，上班特别远。我妈曾经不无心疼地说：“她每天早晨五点多就起床，不到七点就出门赶公交车，不然来不及。”

而那趟公交车曾经上过新闻网站的首页，火得一塌糊涂，因为人太多，太拥挤，塞不下的是太多人的梦想和勇气。

我跟她聊过，在北京这样，是不是太辛苦了？

她却不以为然：“觉得还好啊，已经在这里生活了几年，有了自己的工作和交际圈，有了熟悉的感觉，和喜欢的地方；有时候当然会觉得有点累，但是也没什么啊，在哪里生活会一点都不累呢？更何况，这里有更多的机会和更好的未来在激励着自己。”

后来她学跳舞，开工作室，日子过得越来越从容，没那么辛苦，可以说是摇曳生姿了。

重要的是用什么样的心态过生活。而不是在哪里生活。

知道自己想要什么样的生活，并且会用心地去感受，去捕捉生活中的美好，而不是随波逐流人云亦云，就不容易迷失，更加坦然自在。

讲真，即便是在济南这样的三线城市，我们的生活也呈现出巨大的差距。

有人在出租房里悠然地过着属于自己的优质生活，也有人在按揭买来的房子里愁眉不展着明天；有人虽然单身也会赞美蓝天白云如此美好，也有人虽然家庭和美却也总觉得焦虑不安；有人坐着公交车也能把鲜为人知的风景看个遍，也有人虽然家有豪车却也懒得去看看远处的风景。

有些人在物质上的拥有会越来越多，但是这不代表，生活就会越来越优质。

焦虑感攫取着男女老幼，发愁赚钱太少，想给孩子报更多的辅导班，要攒钱买新出的那款奢侈品包包……不适宜的生活引诱着那些想要“假装生活”的人，朋友圈里他们无一不是岁月静好，优质高端，私下里却愁眉不展，焦虑不安。

很多人对于“生活”的理解太狭隘了，以为只要有房子、车子、票子就是好生活，但是真正拥有了之后，缺少的是把生活过好的能力。

拥有物质不代表拥有生活。

重要的是，要对生活充满热望和感情，愿意去好好地对待自己的生活。

哪怕，把家里打扫得干净整洁，每次回来都觉得心旷神怡；哪怕，在阳台上养几盆花，让它和自己一起生机勃勃；哪怕，亲自做一餐饭，让烟火气把一天的疲惫都赶走；哪怕……就静静地坐一会儿。

生活是你的，过得好不好，你自己心里最清楚。

不缺幸福，
缺的是投入享受的心情

突然很想做面包，做那种最费时费力的北海道吐司。

先做中种，放到冰箱里发酵一晚，第二天把面团拿出来，加上其他的材料继续揉面、发酵、整形、烘烤。

说起来是挺麻烦的，若是前后加起来的话大概要十几个小时也不止；但又不是真的麻烦，有很多时间并不需要动手，花点心思就好了，用到亲自动手的，也就半个小时而已。

最要紧的，这面包也真的很好吃。

长时间的发酵，非常到位的揉面，加上恰到好处的烘烤，无论是色泽还是味道，跟商场里买的面包，都不可同日而语。

从克莱德先生和豆豆哥那里虎口夺食，给“90”后的小朋友带了一块，让她尝一尝，她挽着我的胳膊说：“木头姐，我以后也想做这些，我以后也会有厨房做这些东西，以后我也希望能把我父母接到我的身边……”

啊，像极了二十岁时的我。

那时候我大学尚未毕业，一穷二白，前途未知，但跟克莱德先生说，以后一定要把我父母接到我生活的城市里……

时至今日，早就实现了。但是再去看十多年前的自己，还真是好高骛远口气好大啊，凭什么样的底气说这样的话呢？

其实也没有底气。

说这样的话，不过是为了砥砺自己。

如果这些事从前就没想过，或者总觉得不够资格去做，总是自卑怕做不到，大概……最后也就真的做不到了吧。

生活就像是做面包，看似是漫长而遥远的过程，最需要的是用心思。

真正让我们每个时刻都绷紧神经并不多，更多的时候，它考验着我们的意志，耐心，持之以恒的念头。

微博刚流行时，我关注过很多喜欢的作家，尤其是女作家。

有一位成都的女作家，看她发的微博都觉得好幸福啊——写了半天字，插了一瓶花，读了一本书，去跟好朋友吃了一餐饭，或者参加一场诗会……生活怎么可以这么诗情画意呢？

啊，我也想要这样的生活啊。我在心里偷偷地埋下了种子：能过上她那样的生活就好了啊。

彼时，我只是个小编辑，薪水很低，住小小的出租屋，不知道以后能否靠文字养活自己，但总是像仰望星空一样看着她似水流年的微博，高山仰止。

也曾怀疑过：大概不行吧？也许实现不了了吧？我都二十多岁了，还一事无成，天知道什么时候才能过上那样的生活啊……

年轻的时候，我们都会有这样莫名其妙的惶恐。

自大又自卑。狂傲又谦逊。

我什么时候才会恋爱啊？

我什么时候才能遇到对的人啊？

我什么时候才能有钱啊？

那些三十多岁就有房有车的人，他们到底是怎么做到的啊？

为什么看别人都很笃定，气定神闲，而我却好像碌碌无为永远会这样一无所有下去呢？

……

那其实，是对自己拥有的生活不满意，却又无力改变。

这是再正常不过的事情啊。

出身普通，资质平平，并没什么傲人成绩和出人头地资本的我们，哪一个不是从一步一步开始往前跋涉的呢？多少普通人就是脚踏实地，一点点改变的啊，从四处搬家到有了自己的房子，从捉襟见肘到渐渐宽裕。

哦，生活就是在这漫长的过程中一点点变化的呀。就像是不知道什么时候面团就发酵好了，就让它慢慢发酵，突然有一个时刻，它就好了，可以让你做出特别蓬松美好的面包，真的。

如今，我早已不再关注那个女作家的微博了，因为有了自己真心喜欢的生活，我们还是有区别的，她的许多东西好是真的好，但不是我想要的。

我们仰望星空寻找着方向。然后，在某个时刻找到属于自己的花火，从此就爱上了它，不再惦记璀璨的星星了。

因为，我们找到了自己。

这比什么都重要。

常常会在某个时刻，觉得家里空荡荡的，应该有几束鲜花来点亮色彩，于是，就定几束鲜花；也有时候，会在忙碌中很想喝一杯茶，于是就停下手中的事情，烧水、冲茶，燃一根香在手边，享受片刻宁静；更多时候，是在忙碌与浮躁之中，觉得内心有一些干涩，怎么回事呢？喔……原来是这两天没读书啊。

那就读书吧。

好多时间看似是浪费，喝茶、烘焙、读书，但都是浪费在最美好的事情上啊。

多好。

有个女朋友说，这些年，每当她觉得自己的生活还不错的时候，扭头看看其他人，却发现别人总是过得比自己更好一点。

“当这时候，我心里就觉得很不好受，原来我过得根本不好啊，我像是个阿 Q 啊……”她沮丧地说。

嗨，亲爱的，多花点心思在自己的生活上，享受它的快乐，它的美好。

幸福不是比较来的，是用心思换来的。

某个中午我跟豆豆哥在楼下小店里吃快餐，他说，在外面的桌子吃吧，有阳光。

两个人面对面吃东西，突然他很动情地跟我说：“享受春风，真好啊！”

哈，这种用心去享受的过程，何尝不是幸福呢？

春风那么多，都是免费的，但又有几个人真的像他一样享受春风，感受到幸福呢？

真正的生活品质，并不是仅靠钱堆出来的

去买花，店主给我推荐了芍药。

拿到的时候，一把绿叶中几朵不起眼的花苞，还因为我“冷落”了几个小时而有点蔫儿。谁知，加了水，插进花瓶里，第二天再看的时候，哗！绿叶都精神抖擞起来。

一个花苞早晨时开始跃跃欲试，到了下午已然绽放了，而且是怒放，全身心地绽放着，凑过去闻闻，沁人心脾的香气穿透身心，真是，太好了。后来其他花苞也都争先恐后，璀璨绽放起来。

特意泡一壶茶到它的旁边自斟自饮，茶香，花香，飘浮在空中的音乐，还有透过玻璃洒在地板上的点点阳光，真是有点点“人生得意须尽欢”的滋味呢。

五一没有出门的“遗憾”消失殆尽，觉得守着花开喝杯茶，也很好。

我一直都很酷爱这些“无用之事”。

刚毕业穷得叮当响，会因为在夜市买一块翠绿的窗帘而觉得那个逼仄的出租房成了温馨的家；在自家院子里铺了地板夏夜躺在上面看星星，就觉得拥有了全世界；到如今，一朵花，一杯茶，一支香，稍微安静地坐一会儿，真好啊。

二十出头的时候，总是会在心里不由自主地进入同学亲朋们“比较”

的队列，谁的工资高，谁的待遇好，谁的工作轻松优越，谁的男友家境好，即便不主动，也会被动地被计入队列中。

到了三十多岁，能够慢慢在自己的生活中发现富足的心情，快乐的秘密，静谧的瞬间，这一切，就不是问题了。

没有背昂贵的名牌包不是问题，有个自己喜欢又合用的包盛放东西就好啊；旅行的时候不能入住高档酒店享受顶级服务也没关系，走过的那些路看过的那些风景并没有分别，重要的是，沉溺其中的心情；甚至，没有大获成功腰缠万贯也没关系，相比那些忙碌得没有时间享受一杯热茶等一朵花开的成功人士，我真的真的更加热爱自己现在的生活啊。

抬头看到弯月会忍不住微笑，走在半山腰看到万家灯火会忍不住热泪盈眶。

这些都不属于我，但是我却拥有它们的美好。

朋友说，那是因为你不愁吃穿，才能够说什么“无用之美”，换作年轻人，没钱没房不努力工作拼命赚钱怎么行，哪还有什么时间享受所谓的“无用之美”？

大概吧。也许吧。可能吧。

毕竟，不是每个人都一样。

但是我至今认为，享受生活不是富人的专利。把平凡的生活过得妙趣横生别有滋味，才是真本事。

真正的生活品质，并不是靠钱堆出来的。

而审美眼光、生活品位里，藏着的是一个人读过的书，经历过的事，心底最深处的想法，他灵魂的模样。

几年前采访知名设计师时，他有点调侃地跟我讲，高档商场里的那些昂贵的家具再丑都会有人买，并不是有钱人就有品位。

一个穷人会在一朵花里，看到万千美好；而迷醉在灯红酒绿中的有钱人，快乐未必多几分。

有钱当然是好的，但很多人却总是在拿没钱做借口，糊弄自己和生活。

因为没钱，所以湛蓝的天空并不美；因为没钱，远方的晚霞也跟我没关系；可以花几百块吃顿饭，却觉得花几十块买花很浪费；甚至几乎没有门槛的读书……算了，没钱，买本书相当于吃了一顿饭呢。

这世界上，有用的事很多，吃喝拉撒很重要，它关系着我们的生命和安全，但是，无用之事，却关系着我们的内心和精神。

它给我们一点喘息的机会，让我们能够在追求吃喝拉撒之外，多一点气定神闲，多一点抬头看看天低头瞧瞧路，跟自己多几分钟对话的时间。

一直在追求有用，可能会很累；偶尔停下来，暂时享受一下无用，也许会聚集力量，让你的生活更好一点点呢。

让我自己待一会儿，
哪怕孤独也好

有时候特别想一个人待着。安静地，自在地，无拘无束地。哪怕孤独也好，寂寞也罢，那些烦恼让我一个人来慢慢消化。

想起好多年前独居的短暂时光。一个人吃饭，一个人上班，一个人在小房间里兜兜转转，居然不知道害怕，第二天清晨醒来看到阳光穿透玻璃照射进来，仍会由衷地幸福。

好像那些纠结的情绪，爱情的烦恼，还有对未来的恐惧，都像是水墨画里遥远而模糊的背景，没有那么快压过来。

好像还有一段路，还有一段路呢。

清晨，赤着脚走在地板上。

天气晴朗的时候，只要打开窗户，就能看到远处翠绿的山峦，清晰得如同像素极高的明信片映入我的眼帘。

穿过走廊，经过豆豆哥凌乱的房间——小学生的早晨总是鸡飞狗跳手忙脚乱，换下来的衣服扔在地上，被子乱作一团，待会儿再来收拾吧，待会儿。

咖啡香气时浓时淡地在空气中弥漫，客厅里阳光已经洒满，先去把咖啡倒在杯子里，然后再去刷牙，洗脸，然后喝咖啡，看看手机留言。

家庭生活总是热闹非凡，也嘈杂凌乱。女人们必须要长袖善舞，才能够整理好家务，管理好孩子，处理好关系。

所以，真的，需要安静一会儿啊。

让我安静一会儿，就像是在充电。

下午的时候，总是想喝杯茶。

去年留的金螺，到如今，正是最好最好的时候了。

这茶有一股特别的香气，入口甘甜，回味悠长。

我喜欢它，小小的一个，金色的茶粒，汤色也好看。一个人喝，满心满眼的欢喜，真的是，欢喜。

一个小茶盘，就像是我的小世界。一只茶壶，一个茶盏，一只公道杯，偶尔点一支香，烟气缕缕，思绪万千。

下午困顿，喝一壶茶，顿时精神起来，醍醐灌顶的功效，整个身心都被浸润得有了色彩。

工作啊，写字啊，或者其他的事务，总有让人烦恼的时候，一个人，也喝杯茶吧，滤一滤那些琐屑的烦躁，让自己像是茶叶一样舒展开。

让我静一静，就好像是，给自己的心灵做一次SPA。

也会窝在沙发或者床上看几页书，有时候看得愁肠百结，有时候看得特别开心，忍不住喊出来，然后，环顾四周，大笑起来。

烦恼的时候，就随便拾起来一本。一个人的时候，也随便拾起来一本。

书房里，餐桌上，卧室里，阳台上。

果然是买书如山倒。唯一庆幸的是，没有读书如抽丝。

喜欢安静地坐在书房里，敲击键盘的声音。

喜欢一个人中午时吃简单的饭菜，看一集好笑的美剧。

喜欢在忙完所有事情后，找一部不适合两个人看的电影，一个人，慢慢看。

无论是一个人，还是两个人，抑或者三个人，都各有幸福的模样。

许多时候，我由衷地发现，我一个人的时候，才更像是真正的我。

只是，无论什么时候，都不想失去独处的能力，不想茫然地需要抓住谁来陪，不知道一个人的时候，该怎么面对。

我曾经有勇气独自面对这世界。

以后，也可以。

我在济南
天气晴

我生活的这个城市，并不是每天天气都很好。

夏天太热，冬天很冷，秋天很干燥，春天呢？当然是美的，但是却特别短暂。

刚来济南读大学的时候，特别不习惯，春装买了还没穿几天就热得一塌糊涂，该换裙子了。

虽然女孩子穿裙子总是高兴的，却免不了疑惑：所以，春天就这么过去了吗？

还没来得及享受春风拂面，还没有去看公园里的花开花落，还没有在绿水荡漾的大明湖上泛舟啊，怎么就过去得这么快了呢？

生活了十多年之后，渐渐知道了它的节奏，逐渐习惯了，也逐渐开始跟它合拍起来。

若是在济南，春寒料峭的时候，我们就开始做准备了。

初春的时候，去爬山，因为在山上可以看到大片大片黄色的小花儿，美不胜收。

最开始以为是迎春花，后来听说是一种中药花，总之，木本，小花儿，颜色特别艳丽，开的满山满谷。

偶尔我会在周末的下午，带着自己做的蛋糕、水果和茶杯，带着豆豆哥去山上野餐。

爬到半山坡，找一个宽敞的平地里铺下野餐垫，一一摆开，他的果汁、蛋糕，我的茶和书。

那地方，一般都是在花丛中，背靠青山，面朝夕阳，既能听到山间春风呼啸，又能看到夕阳西下的美不胜收。

这时候的茶，是最好喝的，和着自然的气味，空气中春的气息，小鸟的脆鸣，恬淡而悠闲，入口就是甘美。

喝到最后一抹晚霞已经恋恋不舍地挥手作别了，我们便收拾行囊，打道回府！

因为春天很短，所以格外珍惜。

若是桃花开了杏花开了，便立刻出发去赏花，不肯拖延——花期不等人，拖一拖，又是明年了。

不光是春天，开始珍惜每一个好天气。

蓝天白云，阳光灿烂，看着窗外就是一个好天气的时候，就一定会打足精神：哇，做一点喜欢的事情吧！

在小区的花园里散散步，看看白云飘浮在远处的山顶，像是一朵大大的棉花糖。

在阳台的桌几前认真地喝一杯茶，在阳光抚摸下，内心变得无比温柔。

拉一把柔软的椅子，坐在窗前读会儿书，风吹哪页读哪页，沉默而美好。

也许会做一个蛋糕，因为在天气好的日子里，可以这样锦上添花。

也许会约朋友吃饭，心想“这么好的天气不能浪费啊”，这样想着就可以排除万难，跑出去跟朋友见面、聊天。

傍晚的时候，站在窗前看夕阳和晚霞，看天然的画笔涂画的最瑰丽的画作，感慨大自然的鬼斧神工，又生出“我好渺小啊”这样的感慨，于是更加好好地生活，用力地幸福。

我不知道别人怎么想，作为一个颇为感性的人，天气对我的影响还蛮大的。

想起来，大概就是人生的状态吧，平素里太多的琐屑平常，郁郁日常，偶尔出现的小惊喜，小火花，就像是“人生中的好天气”，要好好珍惜，好好珍藏。

并不是每一天都风和日丽，就如同人生都不是一帆风顺一样。

但是正因为如此，那些风和日丽、艳阳高照的日子，才更加值得珍惜。

做个幸福的淘金者

商场开了一个新的给孩子的游乐场，名字叫“淘金小屋”。

我很好奇，过去一探究竟——用塑料管道做了一圈“河道”，里面流着浅浅的水，水底有些大大小小的石子，河道上还放着几个小筛子。

我问，这要怎么玩呢？

“小朋友可以在这里淘金，用筛子筛出来，里面有很多标本、矿石。”

哦，大约是为了锻炼孩子的专注力吧，毕竟要坐在这里弯腰驼背地“淘金”，是个辛苦活儿。

当然，淘到宝贝的时候，会非常开心，平凡的石子中发现漂亮的标本，乏味的砂子中间藏着一颗五彩斑斓的矿石，小朋友一定会高兴得跳起来吧？

我一边琢磨着，一边走，还真是有趣啊。

想起在新西兰去过的那个淘金小镇。

那个小镇，距离闻名世界的皇后镇不远，被直接称为“淘金小镇”，是因为那条河道里有金沙，当年曾吸引许多人在这里聚集、淘金，做着发财梦。

河道如今还在，却几近干枯，偶尔有人过去嬉戏、拍照。

若没有听过故事很少有人会想到，这条并不算宽的河道，曾经有过那样的辉煌和热闹。

小镇的咖啡馆屋后，放了一条淘金船，里面有淘金的器具——邀请游客尝试一下淘金，若是淘到了金沙可以带走。

当然，体验是要花钱的。

从前那些聚集在这里的淘金者们，日夜劳作，在奔腾不息的河道里，忙碌着，淘洗着，寻找金沙，积累财富，希望有朝一日腰缠万贯。

当然是有人成功了的。成了传奇，到处被传颂。

我们为什么不在生活中，做一个幸福的淘金者呢？

我们大部分人的人生，日复一日，平淡无奇。

可是在这些苍白平庸的背后，总归是有些小美好、小惊喜和小快乐的，那些藏在平淡背后，被苍白遮盖住的小确幸，若是我们能够“淘”出来，是不是日子会变得更加不一样？

像是淘金者一样，俯身下去，凝视着我们的日常，仔细查看着经过我们双手的每一寸时光，寻找幸福的模样。

哪怕是平凡时光，我们也会不再心不在焉，而是凝视着、寻找着，像是一个淘金者，寻找着我们的幸福的财富——

一次愉快的聚会，淘出来；

一场精彩的电影，淘出来；

一次美妙的海边旅行，淘出来；

一顿美味惬意的晚餐，淘出来；

……

所有这些看似不起眼，却闪烁着光华的瞬间，被我们从日常中捡拾起来，从平凡的、暗淡的时间之河里淘出来，放进我们的幸福宝库里，日积月累，我们成了幸福的拥有者，腰缠万贯，富有得像个国王。

觉得自己不幸福的人，有一个很大的特点：不善于发现也不善于铭记。

他们看不出幸福的模样，哪怕它正在发生；他们也记不住幸福的滋味，哪怕已经品尝过了。

他们只是混混沌沌地度过，一天又一天，日子像是煎熬，人生像是炼狱，却从未有过淘金者的梦想和渴望。

我喜欢自称是“小确幸收集者”，就像是一个生活的淘金者。

我非常清晰地记得看过某一场电影后，满心充盈着的快乐；我也记得，春天去爬山，在半山腰呼吸的新鲜空气；我记得秋日的傍晚，迎着晚霞开车飞驰，那种飒爽的美好；也记得，手机相册里那一张张笑脸的美妙时刻……

就像是一个淘金者，我喜欢深情凝视着我的生活，哪怕是一杯茶，哪怕是一缕阳光，哪怕是一本书，哪怕，只是一首好听的歌。

它们出现在我的生活中，都像是金沙一般，给我带来刹那的惊喜：天哪！

我把它们轻轻地捡起来，放进口袋里，那里面有星辰大海，有梦想希望，那是我收集的所有的喜悦的时光，一天又一天，越来越多。

多到可以盖起一座高楼，多到我遇到再大的痛苦和磨难，都不会放弃希望：我有那么多幸福呢，我怎么会放弃呢？

做一个幸福的淘金者吧，为自己，为生活。

你会发现，生活原来不是只有朝九晚五和吃饭睡觉，而是充满了惊喜、欢乐和喜悦。

你要做的，只是细细地看着生活，发现它们，珍藏它们，它们就永远都属于你了，永远。

从此，你就成了一个幸福的人！

人生种种烦恼，

皆因我们对事物的执着。

PART

03

—

断舍离，

减法生活

多花些时间和能让你快乐的人在一起

一年前，曾有朋友炫耀说，两个手机微信全都加满了人；另一个朋友在问过我们有多少微信好友时，颇为自得地说：我有将近两千哦。

天哪！当时我想，这么多人啊？！

谁承想，一年后我的微信里也人满为患，其中有很多是从来没发过消息，从来没有互动，甚至想不起名字的“朋友”。

大都是参加活动的时候，某个会议的间歇，各种聚会上加的好友，有些真的成了朋友，有则是交换了微信，仅止于此。

如今交换微信就像是当年交换名片一样。社交场合见到了，互相交换一下就扔在了角落里，渐渐落了灰，再也想不起来对方是谁……

扔掉？

心里总是有点顾忌：万一是个重要人物呢？万一有什么事儿要找对方呢？！还是留着吧……渐渐地，办公室抽屉里有厚厚一摞的名片，从未丢过却也从没找过任何一个；就如同微信好友里很多人，从未有过联络，却总以为哪天会有什么联络呢，真是一种复杂又微妙的情绪。

周末，我花费了两个小时，删了很多很多人——从未发过消息的，朋友圈彼此关闭且没说过话的，名字根本想不起来的，在某些场合认识但从未有过任何交集的……真不知道我们留着对方是要到什么时候“用”呢？

像是给人际关系来了一次断舍离，很爽，很舒服，心里腾出一些地方，把那些有温度有互动值得留下的人留下，就好了。

每个人的微信好友列表里，都有不止一个鸡肋好友吧？

就像是微博上的僵尸粉，他们只是一个头像，一个名字，假装存在着而已。从不说话，从不评论，从不点赞。

你不知道他们是否在窥视你的朋友圈，也不清楚他们存在的意义，只是不知道为什么，你总是没有删掉他。从来不发消息，从他的朋友圈里也没学到什么有用的东西……

这样的“好友”，存在的意义是什么？

我问过自己后，决定着手清理——就像是家里过一段时间要深度大扫除，每次换季都要扔掉一部分上身率很低的衣服。

内心和物质的断舍离，同样重要。

那些不用的东西总是占据着空间，不如清理了；那些糟心的事嘈杂的情绪，总是扰乱我们，不如断掉了。相似的，人际关系上也该断舍离一下。

真的很厌恶的人，三观不相投的人，以及“鸡肋”般的微信好友，不如就离开了吧，分别了吧，断掉了吧。

彼此都没有损失，免得还要花费时间和精力去虚伪地应付，还要斟酌哪句话怎么说，真诚打了折扣，友情又从何谈起呢？

不如给自己清理出更多空间和心情，对值得的人更好一点。

记得有一个知名的设计师曾说过：你家里最值钱的，是你地板裸露的地方。

给自己生活的空间留一点空间，给自己的内心留一点缝隙，不要总是被挤得满满当当，喘不过气，这才是高品质的生活。

同样，不要为那些鸡肋的关系所累，不要被复杂的人际绑缚，我们能够活得自在啊。

曾有个微信上的“好友”，他很有趣，每次在我发跟热点事件相关的文章时就很不忿地质问：“你一个作家，整天关心着这些娱乐圈的事件……”然后批评我一通。

一次两次，我告诉自己“要大度”，毕竟，人和人的视角不同，他没办法完全理解我，我也不能因此就误解他。

直到我又推了一篇关于明星的文章，他又发了一通评论，最后说“我要拉黑你”，我看到之后，秒删了他。

一则是，我们对彼此都没有任何益处，相看两厌；二则是，他不看文章就大放厥词我真的很不喜欢，那篇文章探讨的是婚姻问题，但是他却只能看到“明星”两个字，这种人连普通读者都算不上，还能算朋友？

好吧，就当我是小气吧。

朋友圈里，真的不想留这种处处以嘲讽批评为乐的人啊，这是一种恶趣味啊，就算没有实质性伤害，看着心里也挺烦。

多花些时间和能让你快乐的人在一起，少一些时间和那些让你感到有压力的人相处——加措的这句话，我深以为然。

我们每一天都希望活得快乐，幸福，有意义，留一个负能量满满的人来碍自己的眼，何必呢？

二十多岁的时候，总觉得认识多一些的人特别重要。

要给自己积累人脉，积攒关系——毕竟这是个人情社会，不知道什么时候，你可能就要用到哪些人，这也没错。

只不过，那些真正对你有用且能帮助到你的人，不可能是微博上的僵尸粉，或者微信里没有温度的朋友们，他们从未跟你有过任何交集，又何谈交情呢？

人情冷暖，靠的是我们的真诚付出。

两个相对无言的 ID 之间，又有什么情义可谈呢？

想跟一个人交往，就得大大方方去打个招呼；跟一个人三观很合，就去告诉他：嗨，我很喜欢你，在默默关注你。

而若是那些你总是以为“有用”才留下来却从未有过任何交流的人，呵呵，不如现在就删了吧，因为等到要用他的那天，他一定会问你一句：“请问，你是谁？”

这就尴尬了。

我的喜欢很值钱，丢了你就要不起了

我是一个特别容易喜欢别人的人。

这个喜欢，当然是很浅的。刚认识的人，打过几次交道的人，只要他们展现出了我特别喜欢的特质或者个性，我就会不由自主地喜欢上他们。

阳光、开朗、乐观、豁达、直爽，让我看到人性中美的一面，我就会心花怒放，在心里悄悄地想“哎呀，好喜欢啊”。

然后就想着：要好好相处，好好交往啊，要珍惜啊。

所以刚认识的时候，都是满腔热情地去交往的。

眼睛只看着他的好，只感受着他令人如沐春风的那一面，甚至有很多只在网上认识的因为工作打过交道的人，我都会发自内心地喜欢。

有个女孩子，每次来找我的时候，总像是一阵带着阳光的风，“哗”一下来了，开开心心地告诉我一件事；说完之后，“哗”一下，又走了。

超级可爱，超级暖。也没有多了解，但我就很喜欢。

还有一个特别靠谱的男生，有过几次业务沟通，每次遇到问题，总是可以找到他，总是可以得到解决，不疾不徐，特别值得信赖。

总之，我一直以为“喜欢”这种东西，是可再生的，能够源源不断地从我们的心里生发出来，让我们对这个世界好的、美的东西产生好感，存在心中。

我喜欢你啊，每当我跟一个人说出这样的话，世界就又明媚了几分。

可是有一天，我骤然发现，有些喜欢，是无法再生的。

就像是我的朋友给我介绍一款面料，她说这是特定的布料专门的手工染指，所以独一无二。若是失去，以后就没有了。

再喜欢，再努力，也没有了。

我发现我对一些人的感情，也是这样的。

最初，我是“免费”支出的，但一旦这份喜欢没有被珍惜，就像是失去了魔力，在同一个人身上再也无法“再生出好感”，多少钱多少心思都买不回来。

让我有所触动的，前些日子碰到了一个大学时代的朋友。那个男孩子，是朋友中的一个。

当时的几个人中，有人开朗，有人内敛，也有人靠谱，都还不错，其中包括这个男孩子。

我挺喜欢他的——靠谱，话也不多，还算聊得来，偶尔有事儿找他帮忙不会太为难。

直到有一次，他说的话让我感到很尴尬、不舒服——现在想起来也许是小题大做了，但当时的确是在意，那份喜欢和情谊，灰飞烟灭，荡然无存。

时隔多年，我想起来，会问自己“是不是太苛刻了”？毕竟人无完人，我们每个人都有缺点；也许他是无心之过，你又何必那么在意呢？想想看，你觉得他不错，对他有好感的时候，难道不是真的吗？

但是，即便我们已经长大成人，甚至成熟到可以当着不喜欢的人的面假笑，我却依然没有办法重新找回到那种“喜欢你”的感觉。

喜欢这种东西，没了就是没了，丢了就是丢了。

我可以喜欢很多很多人，但是很多时候在一个人身上丢掉的那份，就永远找不到了。

所以啊，喜欢这种东西，真的是无价的。

每个人对待别人，都该郑重一点，认真一点。

亲戚朋友中，真的有那种经过一件小事儿就再也喜欢不起来的人——哪怕是所谓至亲，哪怕是有血缘关系，这些也没用。

我可能不会反目，但就是再也喜欢不起来了，看到这个人，毫无感觉。没有厌恶，但也没有喜欢，就像是鸡肋，不交往成了最高的礼遇。

我有个远方亲戚，跟我同龄，小时候一起长大，特别可爱，特别喜欢。但是后来骤然发现，个性自私，对人对事都是如此。

一下子就疏远了。也不是刻意，就是喜欢不起来了，从此就老死不相往来。

朋友之间，更是如此。我们一辈子会认识太多太多人，有些可能会喜欢，有些可能无感，还有些人可能会厌恶。

要珍惜那些喜欢你、你也喜欢的人。

因为喜欢这种东西，它是有魔力的，若是你不珍惜，它失去了魔力，时过境迁，就再也找不到当时的感觉了。

你的喜欢很值钱的。若有人不当回事，就收回来吧，而且从此以后，不再发给他。

只有把那些不值得喜欢的人剔除生活，让自己的空间变得通透、美好，你的生活才能变得更舒服、自在。

真的。

远离身边的“无力癌”

做 HR 的朋友，前两天辞退了一个神同事，说起来跟段子一样——

上班总是迟到，不是肚子疼，就是堵车了，到月底考勤表拿到她面前，理直气壮地不接受惩罚；工作能力尚可，就是敬业精神奇差，私下里说自己有职场的三不原则——“不加班，不熬夜，不出差”，本来以为她说说算了，结果有事儿的时候真的找不到她，团队负责人苦不堪言；把自己的事情做好也就罢了，关键是还负能量爆棚，团队里的人深受其扰，成了一个“负能量场”。

……

我忍不住大笑：“这种人，你们是怎么忍的？！”

朋友叹口气，“一开始觉得是‘90’后，个性张扬一点，年轻吗，也无所谓。到后来，忍无可忍，是因为她已经带动了更多的人像她一样混吃等涨薪……”

矛盾的爆发点，真的是在调薪之后。

姑娘听说团队年龄相仿的同事，薪水调了好几千，差不多是她的 1.5 倍，有点崩溃，跑去跟领导哭诉一场。

避而不谈自己的问题，全都是别人不好，言外之意是“你要是继续留我在这里，除非给我加薪，否则我不会好好干活的”。

最后，HR 建议哪怕是给她赔偿，也必须解除劳动合同：“这种人留不得。她看不惯别人努力，觉得别人都有病，就她自己清醒。”

把偷懒、不努力、混吃等死，当作是一种聪明、清醒、活明白了，不只是这一个姑娘的毛病，而是有一群人都这样。

这种人，以前混大集体，吃大锅饭，能力平平，偷点懒也没人看得出来，所以大都变得特别油滑、好吃懒做、不学无术。

但其实在很多人的身上，即便是没有“好机会”去事业单位这样混着，他们也愿意给自己找这样的机会。

我有个朋友曾经哭笑不得地说，有段时间忙项目，经常加班熬夜，她自己亲力亲为，带出来的小伙伴也都干得不错。

有一天她在卫生间，无意中听到一个姑娘跟别人用冷嘲热讽的口吻说，“你说她那么拼，是不是有病啊？！她嫁得也不错，薪水也挺高，至于吗？！”

朋友悄没声儿地从卫生间里退了出来，等了一会儿咳嗽了一声才进去。

“我不可能要求每个人都跟我一样，但是听了还是很灰心啊，我觉得我每次努力所收获的，一定是我的能力，和在职场存在的价值，他们这么年轻，多学一点多干一点又怕什么呢？！”

这个其实跟年龄关系不是很大，跟人的性格、眼界和思想有关。

有的人，即便是年纪轻轻，也已经老气横秋，恨不得能够马上退休，在家里坐吃等死；有的人，三四十岁辞职创业，五六十岁还从头再来，六七十岁重新学习、奋斗的人，也不在少数。

这就是人与人之间的差别，是普通人和优秀的人的差别。

本身资质就有分别，又不努力……说什么好呢？

我妹的朋友有一天羡慕地对她说，“你的英语是八级，真的很厉害啊，我如果一夜之间也能跟你一样有这样的英语水平，该多好啊？！”

我妹忍不住笑："我的专业和能力是我通过努力学习获得的，别人那么拼才得到的一切，你凭什么一夜之间就能得到呢？！"

这是很多人的白日梦。

看着别人工作薪水高，却看不到人家的努力；看到人家住大房子开好车，却看不到人家工作时候的投入；看到人家去度假去旅行，却拒绝相信他们也付出过汗水。

……

只羡慕那些繁花似锦，却不愿看到背后的辛苦付出。

这大概是一种根深蒂固的"无力癌"——觉得对生活无能为力，却从不想着真正去做出改变，去用自己的努力，来实现哪怕一点点好的转变。

他们总是很丧，总觉得努力反正也没什么用吧，然后还要把这个告诉周围的人；他们总是说，没钱就没有一切，有钱才是真正的快乐，所以我没钱，我的生活很惨，我无力改变；他们总是觉得自己出生在一个家境不够好的家庭，没有有钱有势的父母，又或者恋爱也没谈到一个富二代。

一切都好无力。

……

所谓的成就感、价值感，或者对人生的满足感，很多时候并不仅仅是来源于金钱——真的，不仅仅是有钱就够了。

更重要的是，我们要感觉到自己内心充实，生活有意义，能通过自己的双手和努力，去创造价值，去追求到自己理想的生活。

你那么拼，是不是有病啊？

不是啊。

我觉得只做白日梦，等着天上掉馅饼的混吃等死，才是真的病啊。

世界需要
较真的人

很多人的家里，挂着几个大字：难得糊涂。

在中国人的生存哲学里，偶尔糊涂一点，随意一点，其实是为了能够“退一步海阔天空”。

毕竟计较、较真，尤其是苛求的话，不光未必有好结果，对心情也不太好。

从老祖宗开始，中国人就是这么“佛系”的，所以好多事情都说“随缘吧”，又或者是“差不多就行”。

好处在于，可以跳脱出小事儿，不被束缚住。譬如出了一点岔子，又或者被人摆了一道，心里难受不爽不舒服，可是又没时间精力或者心情去鱼死网破，于是就“算了算了”。

缺点是，好多事情，就因为太容易“算了”，所以事情才没有改变。甚至连我们自己，也吃了很多亏，受了很多委屈之后，变得心灰意懒。

经常会有朋友跟我哭诉说，关系还不错的朋友，因为一点小事儿，突然跟自己翻脸，然后到处说自己的坏话，搞得心情特别不好，但是又不想跟对方纠缠，可是又无法排解……陷入了一个死循环。

我以前也算是遇到过，关系还不错的朋友，一起聊天吃饭的，结果扭头就听别人说她在别人那里对我有不少非议——呵呵。

当时肯定难受坏了，恨不得当面对质：你说说，我到底怎么你了？！

可是……还是算了，大不了以后慢慢疏远，断绝来往；可是当面撕破脸，总是不太好看吧？

我们很多人，只对最亲近的人毒舌。对于另外那些不打算当朋友的人，反而无话可说了，只想离得远一点。

有一天我去做头发，染颜色的时候，发型师跟我说，我头发因为之前的颜色，影响到他现在要做的效果，可能不是那么好。

我说："无所谓啊，染出来什么样子就什么样子。"

他摇摇头："不行不行，我想起来就会难受啊……"然后转来转去，挠挠头，想办法弥补。

我自己虽然是处女座，但是在很多事情上，是特别不较真的——

如果有个人答应我的事没做到，当时很生气，事后也不会去找他，大不了下一次跟他打交道注意一点。

我好多次剪头发的时候，理发师剪得不好，我从未表露过任何的失望或者不满，心里想着"他又不是故意的"。

过一两天，我可能就会找地方重新做一下，大不了上次那个地方我不去了。

这样的小事儿发生过很多次，懒得计较也是为了节省自己的时间和心情。

后来我发现，这其实有点不负责任。

有些话我不说，对方永远不知道；有些错误我不指出来，其他人大概还没有意识到。

那个拿着全场最贵理发费剪头发却奇差的人，大概真的应该被钉在耻辱柱上……

过于较真当然不算好，会活得很累，或者是很偏执。

但是有很多事情，如果没有这些较真的人，大概只会越来越差。

我这种“差不多小姐”，实在是值得汗颜。

很多人说不争馒头争口气，有时候碰到无赖，我可能连这口气都懒得争了；但是从某个角度来看，无赖可能又会继续做相似的事，又会去损害其他人的利益，而我却并没有为净化世界甚至我曾经很热爱的环境，做任何贡献——最后是我自己心灰意懒，爱咋咋地吧。

汗颜。

世界需要较真的人。

有人喜欢嘲笑一些人死板、较真，但正是因为他们的一板一眼、一丝不苟，所以科技才会发展，很多事情才会变得越来越好，是他们的较真，让世界变得越来越好——而不是我们。

看过一个电影，讲一个人总是因为在某个地方停车然后被拖走去交罚款，遇到各种各样的事情，后来一气之下，自己制造了一个小型的汽车炸弹，搞定了这一个暗黑的死循环——当然是个荒诞电影，但是他的较真，给更多人带来了利益。

而我们太多的“差不多就行”“意思一下就可以了”，把我们自己埋了进去，像是一个泥潭，每个人都逃不开。偶尔在对的事情上，较较真吧，为了你自己，为了世界，为了给孩子更好的未来。

跟那些讨厌的人，厌恶的事，破坏这个世界的令人厌恶的一切……大概每个人稍微往前走一点，生活就会变得好一点点吧。

最幸福莫过于
“今天什么也没发生”

有时候觉得，日子真的是过得，千篇一律。

朦朦胧胧中爬起来，给孩子做饭，让他出门上学。把家里收拾一下，开始准备做自己的事情。中午的时候，随便吃一点之前的剩菜，好多时候直接喊外卖。

吃饭的时候会打开一集美剧，一边吃一边看。

若不是特别忙，会午休一会儿。有时候往往吃完饭，就已经两三点，下午的事情还要继续做。

偷空十分钟，给自己泡个茶。

所谓的休息，就是看看家里的花儿开得怎么样了……

一天又一天，日复一日。

从前觉得在家里工作会特别自由。后来才发现，自由这件事还真是个伪命题。

在家里工作的人，要有更好的自律性，因为时间安排相对随意，若是不自律，根本就没办法完成每天的工作量。

直到有一天，千篇一律的生活，突然被打破。

因为一点小事儿，天天要着急忙慌地处理，工作要赶紧做完，事情还要着急处理，平日里觉得已经有些无趣的“规律生活”，突然又变成了奢侈。

没有时间再花一刻钟泡壶茶，慢慢喝；也不能心安理得地坐在茶几前，打开饭菜，看着美剧慢慢吃；更不要提偶尔去窗前看看山，低头闻一闻香气袭人的花儿。

……

咦，这才骤然发现，原来最幸福的莫过于，今天什么都没发生。

好多时候，我们一直在期待着“发生点什么”，我们希望这个“什么”是惊喜，是改变，是可以让我们的生活焕然一新的。

但是，这些惊喜，大都是需要我们在平淡的生活中慢慢积累，慢慢推进才会从天而降的。

更不要提，那些发生的事情里，除了惊喜，可能也会有惊吓。

所谓平淡如水的生活，有时候还真是希望它这么平淡下去——好好做事情，认真做自己，慢慢地变得越来越好，一点点成为自己想要的样子。

这大概就是最好的吧？

小时候总觉得日子过得太慢，总想赶紧长大，总觉得生活得出现点什么，才能颠覆那些千篇一律的日子。

有个傍晚，我们都在姥姥家，舅舅从雨夜中穿梭回来，进了门就一脸严肃地说：“你爸爸在田地里，不小心掉到井里了！”

原本在看电视的我和妹妹，当时一下子惊呆了，一则是吓坏了，二则是脑子里迅速地闪出“天哪，以后怎么办呀”的念头。

舅舅看我们不说话，绷不住，又跟我们说：“我吓唬你们的！”

我们俩这才松了一口气，掩饰说“我们就知道是假的”，其实，心里真的是长长地舒了一口气啊。

长大之后啊，才会有这样的感觉，宁愿日子这样一天天平淡地过。

每天早晨起床做饭，上学的上学，上班的上班。职场里的一天，可以安心做事，耐着心思把事情做好。下班回家，一家人坐在餐桌前，各自说说白天的事情，或者一点小新闻，学校里发生的事儿。看会儿电视剧，陪孩子读会儿书，然后睡觉。就这样就好了。

越来越害怕，突然接到很久不联络的朋友的电话，怕他发生了什么；也很害怕，很晚的时候，突然接到家人的电话，会有隐约的担忧；还会害怕，工作日的白天接到孩子老师的消息，总怕发生了些什么。

……

我们怕的越来越多。

因为担负的责任越来越大。因为爱的人越来越多。

所以啊，宁愿日子就平淡一点吧，我们只是用心地去过好它就可以了。

去感受春风拂面，看花儿绽放一朵两朵三四朵，记录下孩子的笑脸，一家人去吃好吃的餐厅，找个天气好的下午去野餐……

什么都没发生，这就很好了！

讨好型人格：
你的努力，满腹委屈！

我有个女朋友，活得很辛苦。不要说她自己，我在旁边看着都觉得辛苦。

她看上去是八面玲珑，会察言观色，而且也能说会道的那种人。

在职场上，长袖善舞，上下关系处理得都很好；在家庭里，婆媳关系融洽，跟自己的父母关系也很好；孩子读小学，不但跟老师关系很好，跟同班孩子家长的关系也非常亲近。

总之，她就是传说中“情商高”“人缘好”的那种人。

唯一的问题是，私下里她总是觉得特别累，特别辛苦。

所有那些关系的处理，哪怕是遇到问题的时候，她也从来都是选择“委屈自己，成全别人”——不管合不合理。

为什么会这样呢？

她说：“我怕别人说我没做好啊之类的，比如老师有什么事儿总是找我去，费力费钱不说，主要是根本没那么多时间，可是我不敢说啊，怕老师有意见；如果朋友找我帮忙，我就算是累得要死，肯定也会爬起来去，怕她误解觉得我不想帮忙……”

所谓情商高、人缘好的背后，是一堆一堆的苦水。

我们讨论过原因，她当时分析的是，自己可能心肠比较软，见不得别人不高兴。

看蒋方舟在《奇葩大会》上说自己是“讨好型人格”，我觉得跟女友特别像，发给她看。

她看完之后也若有所思，想了半天，追溯到自己小时候：“我妈特别强势，就是所有的事情必须得按照她的意愿，否则就脸色很难看，或者就跟我过不去，所以我从小做事儿就得让她满意，生怕她不高兴；而且她特别要求我懂事儿，比如我待人处事都必须让人家觉得我懂事儿……”

根源找到了。

但是要解决这个问题，其实挺难的，毕竟是沉积多年的老毛病了。

她给我发消息，说是有个惊喜：“我今天跟我一个同事翻脸了，好爽啊！”

她的同事是一个女孩小 A，工作上有些交往。小 A 是那种跟她三观完全不同的人，在公司喜欢拉帮结派，动辄就站队；喜欢占小便宜，谁的都不放过；总是喜欢打小报告，搞得大家都很难受。

虽然很多同事都对小 A 敬而远之，但是我这位女友却一直都是“友好往来”，哪怕被她坑了好多次，也依然是，她是觉得“多一个朋友总比少一个好”，却不知道这个所谓朋友的质量是什么样子的。

三观不合的人，不适合做朋友。不是一天两天，而是永远。

小 A 不知道第几次撬她的客户，她这才想起来爆发。

我们从小受到的教育是，要与人为善，要懂得察言观色，要多交朋友。

这都是没错的。

唯一错的是，没有人告诉我们，应该要有自己的判断——以三观为判断，而不是一味地迁就别人，委屈自己。

对自我的打压，会导致我们的内心非常不快乐，无法真正舒展地生活。

如果是讨好别人，别人的标准永远在变，所以我们永远无法达成“让别人完全满意”。

所以，真正的情商高，是会好好说话，好好做事，但也有自己的原则和立场。

我非常厌恶的人群，就是话说得很好听、很满，但是却什么都不做，而且不以为意，遇到事情永远都是“哈哈哈哈”，把锅甩给别人就结束了。

这种人也能找到自己的朋友圈子，他们也有一群三观相投的人做朋友，只不过，不适合我罢了，交往久了，觉得很不舒服，倒不如有多远走多远。

所以，三观不合的人，就不要做朋友了，那根本是给自己找别扭，找憋屈。

有时间，对自己好一点。

明白自己想要什么，付出努力去获得，比什么都重要。

时间，
是最公平的东西

小区车库前段时间做了个升级，把门禁装上了显示屏。

有一天，前面的车子走得有点慢，我在后面等了一小会儿，盯着显示屏看了一下，发现它用的是倒计时方式：这张卡剩余使用时间 ××× 天。

后来有一次，我又出去，特意看了一下我的卡显示时间，果然少了两天。

心里不禁一动。

对我而言，这两天的时间，就如同——没有过一样。

我只是，吃饭睡觉，工作打扫，日复一日，毫无二致。

可是，我的生命中这两天，已经被抹去了。

我的心里掀起山呼海啸：原来在我尚未察觉的时候，我生命中的一小部分已经悄无声息地流逝了。

而这样的状况，几乎每一天，每个月，每一年都在发生着。

我对时间有了紧迫感。因为我知道，我们的人生也是如此倒计时的。

唯一不同的是，它不像是显示屏这样标注出来，每天提醒我们。

而是悄悄地，默默地，流逝着。

直到有一天，生命之火即将熄灭，我们才忙不迭地感慨：啊，如果再给我一点时间，我肯定好好珍惜！

好多事还没做，好多梦想还没实现，好多想去的地方还没去。

总以为有好多时间，总以为来日方长，总以为……

这几年，我们陆续看到过很多“生死书”。

很年轻的人，突然患病，生命只剩几个月，这才发现，还有好多心愿没有实现，他们写下来，后悔没有珍惜以往的时间，没有好好锻炼身体，不该加那么多班，不该总是熬夜，不该拖延自己的梦想……

我们看时，都心有戚戚，甚至那一刻都下定决心：我一定不要这样！

但是文章看完，手机放下，转眼还是照例做平常的事。

依然重复着每天觉得应该改变的生活。想去的地方，依然懒得去，总觉得有钱了有时间了再去；想做的事情，还是没有去做，总觉得明天后天大后天也可以啊。甚至，连看看家人跟父母多相处这种事儿，都一拖再拖，总觉得父母还年轻呢，仿佛自己还小。

滴答滴答。人生倒计时的钟表从未停息过。

无论是你在重复着日常，还是做出重大改变。

时间对每一个人都是无比公平的，一个小时只有60分钟，不会因为一个人富有而多一秒，也不会因为一个人贫穷而少一秒。

唯一不同的是，那些真正懂得时间价值的人，会把每一秒的质感都发挥到极致——尽情地去利用，尽最大努力去使用，不让它毫无意义地虚度。

大一那年，我的嗓子突然出现一点问题。医生建议我做个小手术，切除结节，一劳永逸；唯一的要求是，手术之后要进行雾化治疗，大概有一个月不能说话。

约了第二天手术。这天之后，我在一个月后才能开口说话了。

从未想过，时间如此紧迫。滴滴答答，始终走个不停，一秒一秒都在流逝。

那天，我给好多人打了电话——之前一直想打电话却没打的；我跟周围的人交代了好多事情，包括以前拖延下来的。然后，我一个人去植物园转了好几个小时。

那是春天，正好是开花的季节，一直说要去看花的，但是却没去。

我想，若是今天再不来，不能说话大概出来不方便，一个月后花就开谢了。

那一刻，突然觉得时间真的很宝贵啊，一切都变得有质感起来——说话、做事、联系，跟人的交流，看待生活的方式，突然都像是变了个视角。

我觉得某一部分的自己，因为这件事，而发生了变化。

这些年，若是说我学会了一点生活的智慧，其中之一便是：珍惜时间，珍惜自己，珍惜当下。不是说说而已，用心去做。

若是有喜欢的事情，我一定会马上去做，全情投入，甚至不计回报；若是想某个人了，我一定马上联络他，让他感受到。早晨带着电脑去咖啡馆打算写稿，半个小时后就背着跑，然后打车去火车站的旅行，我也进行过几次。又或者，春天来了要去看花，秋天来了去看银杏叶，不想错过的事情，一定不要错过——明年当然还会有，可是明年，你又老了一岁。

时间本身没有质量。

只有我们珍惜它，使用它，而且能够把它填充满我们生活五彩斑斓的色彩，它才会变得有质量。

珍惜懂得它的人，它才会回报真正的美好。

当生活出现负能量，
我随时准备逃跑

2017 年 12 月，西安交大的一名研究生溺水身亡，被认为是不堪压力自杀，一段时间曾经沸沸扬扬，很多人就导师对他的压榨进行过激烈讨论和谴责。

这件事并不是偶然。

在 2016 年 1 月，南京邮电大学也曾有名研究生跳楼自杀而引起过广泛关注——毕业论文没通过，他被导师建议退学，半年前转到了新导师的门下，但这并没有避免悲剧的发生……

南邮这名男生跟原来的导师交恶，在长达一年的时间里，导师对他不闻不问不管，从最初的隐忍到后来的崩溃，其中的隐情是外人难以理解的。

很多人觉得惋惜不已，若是他能够用一种再理性一点、再决绝一点的方式来处理这件事，会不会更好一点？

早一点跟这个导师做切割，转到别的导师门下，或者，如果他能够从内心接受毕业论文不通过这件事，会不会避免悲剧的发生？！

但悲剧已经发生，这些“如果”对他们而言都已经太晚了。

可是，对于时常钻进牛角尖里或者被各种非理性的情绪裹挟着的我们而言，却是有必要进行的思考。

遇到坏事，“熔断”一下不是坏事，也不是逃避。

每个人的生活中，总是难免会遇到一些讨厌的人、糟糕的事或者过不去的坎，当我们把过多的精力、心血和时间耗费在这些负面信息上时，不但于事无补，还有可能把生活拉入泥潭。

此时，若是你能够当机立断地“熔断”，冷静地做好切割，就可以甩掉很多泥泞，轻装上阵，让自己的生活更清爽、利落，更积极，更阳光。

到底什么时候我们会在生活中遇到熔断呢，又该从何做起呢？

很简单。

给自己一点时间考虑：这件事或者这个人对我的生命是否有积极、向上的意义呢？如果还有那么一点，当然要留着；如果没有，当然要果断逃离！

在金融领域，熔断是指对某一合约在到达涨跌停板之前，设置一个熔断价格，使合约买卖报价在一段时间内只能在这一价格范围内交易的机制。

这是一种保护机制，是为了让投资者在价格波动剧烈时有一段时间的冷静期，抑制市场非理性过度波动，同时在熔断期间方便交易所采取一定措施控制市场风险。

想想看，生活也可以引进一个熔断机制。

让我们能够冷静、理性地面对生活，尤其是那些艰难的情况。

我的朋友虾米进入公司大半年，人缘不错，工作顺利，他充满干劲。就在此时，老袁进入了他的生活。

老袁经常喊着虾米一起吃午饭，晚上加班也喊他消夜。最开始虾米非常感激这个经验丰富的老同事的青睐，觉得跟着他能学到东西，所以有约必到。

但老袁是负能量发动机，全是牢骚和吐槽，从对社会环境的不满到公司政策的不足，从对领导的不爽到对同事的看不惯，总之，没有让他满意的事情。

两周后，虾米觉得快抑郁了，生活不美好了，工作没前途了，人生没希望了……他突然意识到，这一切是从老袁回来后才开始的，他决定采取行动——关爱自己，疏远老袁。

遇到负能量的人，你无力改变他的时候，能做的就是远离他，因为他会用他浑身的负能量传染你，让你也不开心。

许飞作为职场精英，每天接到的电话都是客户或者同事的，每天有超过 10 个小时在办公室，不是吃加班快餐就是工作应酬，朋友和父母很久没见了……最近的一个项目把她熬得筋疲力尽，失眠、脱发、头疼，无奈去医院看了一下，医生说这是典型的职场焦虑症，得治。

许飞无法想象还没结婚的自己，变成了一个秃头，以后怎么遇到白马王子，怎么过上幸福生活，现在的拼搏又有什么意义？

她把事情交代给同事，订了机票，去了自己神往已久的欧洲。她要安静下来，认真考虑一下生活，而在忙碌的工作中她根本无法保持清醒、独立的思考。

“我很爱我的工作，但是如果它吞噬了我的自我，我就应该跟它谈一谈了。目前我们和平共处，我又找回了属于我的时间和快乐。”

许飞对工作的“熔断机制”值得很多职场加班狂学习，当他们把工作当成是生活的时候，这已经是一种非理性的狂热了。

记住，沉迷于跟负能量、坏事情缠斗，未必是好事。

积攒能量，解决问题，才是终极目的。

时间啊，
请你慢慢走

春节过后，空气里有了春天的味道。

早晨和晚上乍暖还寒，但是太阳出来，一切就变得暖洋洋的。

阳光洒在树枝上，树叶像是穿上了金黄色的礼服，闪耀起来。

到处都是一片碎金，小区的草地依然是枯黄的色调，但是如果细看，已经有些小草迫不及待地迸发出了绿意，如同是年轻时髦的女孩们钟爱的挑染色，点缀着青春的璀璨。

孩子们还没开学，一切都有点不合时宜地慵懒——他们说这是假期综合征。

要我说，大概是我们对于童年、寒假牢不可破的怀念。

已经过了很多年，我依然固执地在每年寒冬和酷暑来临时，期待着自己的寒暑假，就像是小时候一样。

寒假啊，过完年大概还有两个周才开学，我们依然每天游荡在大街小巷，偶尔还能听到摔炮在地上啪啪作响，跟同龄的小伙伴讲些有的没的的故事；窝在电视前不眨眼地看着，电视剧动画片，小时候的电视节目明明并不丰富，我们却总是看不够；晚上当然不想睡，电视剧还没结束，看到很困很困，困得睁不开眼，才暗含着一丝“不争气”的哀怨睡去。

第二天吗，照理要睡懒觉的。

八点的时候，父母会在门外喊“赶紧起来，饭都凉了”；九点的时候，他们说“怎么还不起来，待会儿家里来人怎么办”；十点……若是还没起来，基本上该挨揍了。

上高中读大学之后，每次放假回家，其他人都在忙着跟同学约见面，一起玩耍。我却很少有这样的经验，少数几个关系非常亲近的朋友才会去家里，而这样的经验，也少之又少。

现在想起来，也不知道是遗憾，还是本性。

只是，事情就是这样而已。

别人在呼朋唤友，我许多时候，是躲在家里，看电视、看书，好像并不在意世界有多热闹。

后来世界再热闹，也不能影响到我了。

……

但无论如何，我们总是期待着，时间啊，慢慢走，让我们沉浸在往日的美妙里，久一点，再久一点。

偶尔我批评豆豆的时候，他会一声不吭地看着我。我很不喜欢。

但是有一天我突然想起来，我好像也是这样——若是被亲近的人说了我不喜欢听的话，我不反驳，但会一声不吭地盯着对方，譬如克莱德先生。

后来我才想起来，我这个习惯，是跟我舅舅学的。

舅舅大不了我几岁，也许是七八岁，肯定不到十岁。

因为外祖父母去世很早，舅舅是在他的奶奶，也就是我的老姥姥照顾下长大的，上面还有几个姐姐庇佑他。

老姥姥在我记事起已经很老了，满脸皱纹，头发花白，面相非常和善，常年穿着青色大褂，黑裤子是绑腿的，一双小脚。

他们祖孙俩生活在距离我们家只有一步之遥的祖屋里，年纪相差这么大，十几岁的舅舅又真是叛逆的年龄，所以我印象里，他们经常闹别扭。

每次吵架，老姥姥嫌他几句，骂他两声，舅舅就很生气，也不反驳，气鼓鼓地站在门口，一言不发，盯着一处看，表达自己的不满和愤怒。

这个神情，这幅画面刻在了我的脑子里，永远都无法忘记——头发花白的小脚老太太在屋子里一边收拾一边絮叨，年轻叛逆的男孩在门口一脸无奈的怒火无处燃烧。

老姥姥很疼舅舅，甚至堪称是溺爱。舅舅也很依赖她，是相依为命的那种依赖。就像是一堵墙，一扇门，在他尚未成年却失去父母庇护的时候，站立起来，让他依靠，挡风遮雨。

但“呼啦”有一天，她倒下了，他忽然就失去了天然的屏障，哪怕是想生气，都没人瞪了。

那幅画面，再也没出现过。

……

舅舅有没有在某个时刻想过，那样的时间，也希望它慢慢走啊。

停留得久一点，再久一点。

哪怕是听她絮絮叨叨，哪怕是站在门口气鼓鼓地瞪着。

可是扭过头，她从锅里端出热腾腾的饭菜，他把饭盘拿到炕上，在有些昏暗的房间里，他们一老一少，相对无言，慢慢地咀嚼。

虽然平淡，但却香甜。

那屋子里弥漫着一种气味，就像这一切，永远都不会结束一样。

太阳还没下山，我手脚麻利地收拾了一堆东西，打算带豆豆去野餐。

水果、蛋糕、茶壶、热水，鲜榨的橙汁，我的书。

年前发现，有条山路修得很好，去爬了几次，我就一直想着去山上喝杯茶，带豆豆去进行他最喜欢的野餐。

我们俩像是一支小部队，他背着一袋子热水瓶，拿着喜欢的玩具手枪；我拎着吃的喝的和野餐垫。

那座山不算高。只要攀爬个十来分钟，就到了山腰处，阳光还在这里，就很暖和。

我在阶梯旁边找了一块相对平整的大石头，铺好垫子，摆好吃的，泡了茶，拿起书来。豆豆兴奋得喋喋不休。

我则一边忙着照顾茶壶不倒，一边看夕阳下山的点滴变化，一边还得看书——终于读完了那一本李娟的书。

天空特别澄清，飞机路过这里，比平时都好看很多。

晚霞美得不像话，我们两个互相商量着，拍下自己认为最好看的景色。小鸟叽叽喳喳，调皮的风偶尔过来偷听我们说话。

我知道，山下是个繁华世界。而我们在这里，偷得半刻清欢。

时间啊，你慢点走，让我们感受这一刻的美好，久一点，再久一点。

若是想让时间拉长一点，变得久一点，再久一点。

多去做一点自己喜欢的事情，意外的事情，惊喜的事情。

每一次，都会有惊喜。我保证。

就像是我们在山上待了也只有半小时，可是这记忆，却像是很长很长。长到我们忘了时间的存在。

真正强大的人，能从内心滋生幸福

有个“90”后小朋友，突然要跟我探讨人生。

她说，看看自己的生活，大学毕业就赶紧工作，月薪勉强糊口，但是天天加班，交际圈子小，根本没时间和机会恋爱。还有啊，熬夜、脱发、加班肥，样样都占了……“哎呀，我怎么觉得自己活得这么惨？！”她感慨道。

我忍不住笑。

“我想想，那些考公务员的同事也蛮好的，朝九晚五，规律啊。事业单位也是，工资低点，但是福利好，为什么我当时没听我爸妈的去考呢？！”她又道。

我还是忍不住笑，大概，她的感慨与疑问，每个人都曾经有过吧？

无论你是二十岁，还是三十岁，甚至有些人到四十岁，还是会不停地一边发问，一边前行。

我有个同龄的朋友，几年前辞职离开事业单位去创业，很忙，很辛苦。

有一天半夜给我发消息：“我想想以前在单位上班也挺好啊，虽然收入低，但是活儿轻松，稳定，万年不变的那种，不担心吃了这口没了下口。你说我当时是中了什么邪，非得自己创业呢？！”

我回她一句：“大概是因为，你没办法承受万年不变的生活吧。”

过了一会儿她回了一句：“也是。”

不是公务员不好，也不是事业单位不好——我有一些朋友在这些单位里都做得非常好，重点在于，你是否适合它，你在这里是否能够变得更好？

如果不能，如何幸福，如何自在，如何拈花微笑？

大概总是会在午夜梦回，感叹自己耗费青春，浪费人生，虚度光阴吧。

钱钟书先生在《围城》里的那段描写，不光可以用来形容婚姻，其实在工作和生活中，都还蛮适用的——围城外面的人想进去，里面的人却想出来。

这两位朋友，虽然年纪不同，一个在围城外面羡慕着里面，而另一个则是走出围城感受到了风雪严寒，也会怀念围城里的光景。

但如果让他们去围城之中，束缚住手脚，他们还是会向往走出围城。

这大概是人性的软肋，羡慕的永远是自己还没有得到的。

就像是小朋友们在玩玩具一样，看到别人手里的，永远都觉得“那个更好”，于是有的孩子可能就跑过去抢了；还有一部分可能比较内敛，不好意思抢，但是心里会偷偷羡慕，猜测“那个也许更好玩吧”。

只有很少很少一部分，会执着于自己已经拥有的那个玩具——也许他很幸运，一下子就找到了自己喜欢的东西；也许他比较有心，能够在自己已经拥有的东西里，找到自己的乐趣。

成长，也是这样一个探索的过程。

在我们长大成熟，寻找自我，在找到自己真正的乐趣和快乐的过程中，肯定会羡慕别人所拥有的那些，金钱、地位、权力，大房子，财务自由，帅气的老公……凡此种种。

但是如果真的让你拥有这些，你就会满足吗？！

未必。

羡慕别人拥有的，并不代表拥有后就会很快乐。

一个人的终极自由，是看得到自己的内心，听得到自己的心声，找到真正喜欢的自己。

跟你拥有什么，拥有多少，没关系。一无所有的时候，有些人也会很快乐。

因为他的幸福滋生于内心。这才是最强大最自由的人。

这时候，无所谓城里城外，因为可以清晰地追求到自己内心最渴望、最想要的东西。

前些日子朋友吃饭，开玩笑说起来：如果有 100 万，你打算干什么？

有人说要出去旅行，有人说要买房子交首付，还有人说拿去理财好了。

我说，若是我有 100 万，大概就是回家写字。

朋友们笑我说，肯定不会啊，有了 100 万，你肯定还想要 200 万；有了 200 万，你肯定还想要 1000 万……

大概按照“逻辑”来说，的确是这样的。

但我知道，我不会。

因为，在所有的生活的薄纱后面，那些烟雾缭绕眼花缭乱的欲望后面，那些让人心动冲动激动的瞬间后面……我的终极目标一直都在那里。

有没有钱，我都会这样做；有多少钱，我还是会这样做。

只不过是，可能有钱了，会做得更心安理得一点——不给家人添麻烦。

没钱呢，大概就有点心虚吧，但还是会这样做。

就如同山本文绪当年搬回娘家写小说，蜷缩在小房间里写作。虽然也觉得憋屈，但更多是为自己想做的事情而拼尽全力努力的痛快。

当一个人懂得要什么的时候，是最自由的，无论是婚姻、工作，还是生活。

只可惜，围墙有时候遮挡了很多人的视线，让他们看不清围城内外的光景，就总以为，别人拥有的才是最好的。

没时间想一想，自己想拥有的，是什么。

亲爱的，你那么好强一定很辛苦吧

很多人容易把好强认为是个性中很积极的一面。

实际上，好强的人也有过于追求突出而产生的负面影响。太好强的人，一般都过得比较辛苦。

争强好胜，不甘人后，出人头地，抑或者做任何事情都要比别人强，否则就会浑身不得劲，乃至郁郁寡欢，情绪起伏很大，这是非常常见的。

我读书的时候吃够了好强的苦。

明明成绩还不错，但是因为没有考第一名，整个人就特别消沉、低落，尤其是对于一个教师家庭出身的人而言，压力又大，整个读书阶段，简直是没办法抬起头做人的。

同好朋友聊天，她读高中的时候成绩非常出色，各种摸底考试都是文科状元，因此老师们也都断定她是必定要考取一流大学的。遗憾的是，她高考时发挥失常——对于别人而言，她的分数已经很高了，但是无论是她自己还是家人都倍感失落，“那个夏天我们家一个笑脸都没有，我觉得特别愧对父母，非常对不起他们，特别难挨……”

太好强的人，有时候容易得失心重，略有失去，就仿若世界崩塌。

怎么会不辛苦？

豆豆刚上小学的时候，第一次大考成绩尚可，数学全对，语文错了一题。

对于开学好几个月才找到北的他而言，我们真的是“心满意足”，成绩能跟上，不以学习为负担，我和克莱德先生都表示满意。

但老人们半开玩笑地说，“一年级的题目那么简单，不是应该都得双百吗？爸爸妈妈小时候都可以得双百……”

幸而，豆豆对这些不太在意。这个跟他性格有关系，得失心没那么重，做力所能及的事情，尽力做好，结果吗……怎么样，都能接受。

当然，也跟我的“心结”有关系。

因为我知道那种太过好强所带来的巨大的压力，滋味并不好受，我不希望他再重蹈覆辙，所以尽可能地告诉他：努力做好你能做的事，这就够了。

我知道，很多事是要看结果的。

比如高考，就是一考定终生；比如比赛，就是会出现一个名次高低；比如……很多时候，好像必须要在乎结果，因为结果关系着命运。

但问题在于，人生是一个漫长的持续的过程，此刻的结果，未必真的能决定人的一生；而心态的平和，对自我要求的平衡，却能够让一个人持续不断地努力、付出、超越，并最终获得超过小结果的大成绩。

记得电影《中国合伙人》里，有个桥段是，俞敏洪复读三年后考上北大，后来看新闻说马云也是复读后才考上大学的……好胜之心要有，更要有的是，良好的心态。

实际上，而很多原本成绩极好，才气很高的人，在一次失败之后，就会心理失衡，再也无法爬起来走上战场。

很多人的心理失衡，并不是因为自己能力不足，而是期望值太高，不肯认输，以至于在万一输掉之后，全线崩盘。

一个家长曾经不无担忧地跟我说，女儿太好强，她颇为忧虑。

无论是日常表现还是写字读书，当然包括各种考试，她必须要争取第一，否则就会怅然若失，耿耿于怀。

“虽然说有进取心是好事，但是我感觉她给自己的压力太大了，会很辛苦。”妈妈说。

很庆幸女孩儿有这样开明的妈妈，换了从前的教育观念来看，恨不得个个都这样才好。

我也是后来才明白那个道理：第一名只有一个，聪明人却有很多。如果用尽所有力气都没办法成为最好的那个，为什么不认清自我，去做那个最像自己的人呢？

杨绛先生在文章里回忆起自己的父亲，说到这样一个细节：我父亲有个偏见，认为女孩子身体娇弱，不宜用功……他常对我说，他班上某某每门功课一百分，“他是个低能！”

甚至杨绛到了高中时，还不会分辨平仄声，她父亲说：“不要紧，到时候自然会懂。”

……

太过争强好胜，尤其是太过急功近利所引起的焦虑，会导致人失去学习的兴趣，好奇的乐趣，反而让人只追求结果，失去了人生的许多兴味。

若是到了这一步，又有什么意思呢？

有追求，求上进，是好事。

但若是太过强求，好多时候是自寻烦恼。

无论是生活还是工作，放轻松，别太强求自己啦，弄得那么辛苦，谁会心疼你呢？

还不是活该？

共勉。

所谓岁月静好，
不过是咬牙坚持又保持微笑

有一部美剧《副总统》，很有趣。

赛琳娜是副总统，一人之下，万人之上，可谓是很有权力的女人了。

但每一集我都替她揪心，因为她的生活、工作，甚至她的人生，简直是一团糟糕，换了任何一个人都可能撑不下一集来！

一群猪一样的队友，总是漏洞百出，各种坑她，虽然是好心，但做错事的概率特别高；还有个神坑的前夫，不是亲自出来 diss（贬低）她，就是有特别坑的把柄露出来，让媒体抓住赛琳娜狠踩；还有各路竞争对手、油头政客以及投机钻营者，随时给她挖坑，她无数次入坑，还要替她很厌恶的总统背各种黑锅。

……

总之，每一集，我觉得主题都应该是“赛琳娜决定去死的 100 个理由”。

因为她的生活不但不让人羡慕，反而是鸡飞狗跳，一地鸡毛，乱七八糟。

可是，她却横竖都能咬牙坚持下来。

被羞辱，被坑，又或者是来自家庭的各种烦心事，最后都能假装笑着去面对，熬着熬着就熬过去了。习惯了，也就能够变得无坚不摧了。

“我道歉后只有一周想去死，熬过那周，就好了。”她竟然还可以变得

乐观。

三十二岁的小鱼，有份不错的工作，不错的薪水，不错的家庭。

但是——母亲最近生病住院，她医院单位和家里三头跑，心力交瘁；儿子刚上幼儿园，不适应，一边闹腾一边生病；单位的事情很多，忙不过来就只好带回家做，晚上熬夜，第二天还得起早照顾孩子，做好病号餐，去上班，偷空再去医院探望。

她说，突然就知道了什么叫“人到中年”。

上有老，下有小，所有人好像都开始指望自己。有时候把车停在停车场，恨不得眯一会儿，才能抖擞精神继续去打拼。

她有点疲惫，但这是人生的过程啊，得咬牙坚持。

二十八岁的丝丝，刚刚升职，是公司同龄人中的佼佼者。

但是——父母催她赶紧找男朋友，恨不得明天就抓个人给她办婚礼，电话里妈妈每次都痛哭流涕声讨她不孝顺；升职后事情特别多，上司要求高且严，为了举办发布会忙了半个月，终于圆满结束，她打算调休一天，却被哼“好娇气呢”；她洗头发时发现自己脱发越来越严重，看着镜子里的自己，黑眼圈越来越大，买了很昂贵的化妆品，可皮肤快皱成了一张纸……

她有点惶恐，但理想还未实现，还得咬牙坚持。

二十二岁的阿丽，刚刚大学毕业，青春正好。

但是——薪水很低，勉强维持生活，每个月除去房租，所剩无几，仅仅维持最简单的生活成本；很久不舍得买件衣服，点一杯奶茶都要货比三家，突然觉得赚钱太不容易了，又觉得自己活得太辛苦了；异地恋，男朋友有时候来看她，吃喝玩乐又是一笔支出，要攒很久的钱，才敢去看他，爱情在金钱面前，都变得小心翼翼起来。

年轻的时候，真的好难啊。

她有点忧伤，可人生才刚刚开始展开画卷，当然要坚持熬过去最贫穷的日子。

是啊，看看周围，谁的生活里没有一地鸡毛啊？

年轻人的彷徨无助，不知道方向在哪里，看不清到底那些艰难的日子什么时候是个头；中年的时候压力满满，好像生活的重负都提前约好了一样，一下子就接踵而至迎面而来，不给你一丝喘息的机会，迎头痛击，满眼金星；老年的时候，更是健康的问题，子女的难处，以及各种各样的是是非非。

……

好多时候，所谓岁月静好，不过是苟延残喘的间隙，给自己找一点小乐趣，小幸福，让自己能够继续坚持下去，不向生活缴械投降罢了。

正因为生活太多平凡的日常、庸常的内容，更有太多鸡飞狗跳，所以我们才要珍惜那些偶尔透过缝隙渗透进来的快乐的时光。

所以，偶尔忙碌的日子里，泡一杯茶，看着热气升腾，闻着茶香四溢，我都会有一种“天哪，这一刻就很幸福”的感受。

我会放大我所有的小快乐。

听到一支喜欢的曲子，喝到一壶很棒的茶，又或者是吃到了一块很棒的蛋糕，甚至，看到了一抹美丽的晚霞……都让我觉得，幸福啊！这一刻！

我用它们填充着我的生活，尽可能让它们成为我内心的底色。

这些瞬间，让我记住有很多很快乐璀璨的颜色，很多甜蜜的美妙的瞬间，也因此，在我遇到事情遇到挫折遇到沮丧的时候，也能够坚信，咬牙就会熬过去啊，就像是雨后的那道彩虹。

哪有什么一帆风顺的人生，哪有什么人生赢家？

只不过是咬牙坚持，而且一直保持微笑罢了。

因为坚信，自己就是那道彩虹。下过雨，就绽放出美丽了。

愿你人到中年，却依然有颗少女心

网上流行着“中年少女”这个词。

后面还附带 15 条特征，比如——越来越喜欢粉红色；每天都在纠结怎么防脱发；爱逛淘宝；开始注重养生；朋友圈越来越寡言；喜欢甜文，偏爱傻白甜；想和小鲜肉谈恋爱；莫名其妙开始买金首饰；看到护肤品有抗衰功能才有安全感；放假只想在家待着；记性一天不如一天；没有那么喜欢自拍了；懒得交新朋友；习惯性单身；只想赚钱。

……

如果这些特征，十之八九你都中了，那么恭喜你：中年少女一枚！

有趣的是，这些特征对于“90”后来说，这是丧。

而对于“80”后来说，可能意味着童心未泯，天真不老。

二十多岁，青春正好，要奋斗要往上游走的阶段，却开始进入“中年稳定”状态，怎么说都有点怪。

就如同前些日子很多人在讨论的佛系，调侃说第一批“90”后已经出家了。

因为，对他们而言，青春尚未用力品尝，就要被绞进生活的机器，压榨得没有了活力与叛逆，怎么看都让人有点哭笑不得。

看似是“随缘随缘”，其实是有心无力，迫不得已。

中年少女亦如是。

朋友们聊起来说，现在的小年轻也不知怎么回事，年纪轻轻就拼命地想着两个字——“稳定”。

有个“90”后的女孩说，她的同学中，大学毕业前，有三分之一的人考公务员，三分之一多的人考研，有勇气工作、就业、踏入社会的寥寥无几。

“其实他们也没想好考公务员或者考研以后要怎样，好像就是晚一点进入社会就行。”

找一个稳定的工作，门当户对的对象，恋爱两三年结婚，生两个孩子，安安稳稳，了此一生。这当然没什么不好。

但当“稳定”成了一个人生活的中心词，怎么看，都有点难过吧？

工作要稳定，恋爱要稳定，生活要稳定。

遇到任何事情，稳定是第一位的，幸福、梦想、追求、打拼，因为存在潜在危险，都应该被放弃被搁置，遗憾。

《请回答1988》中，正焕的哥哥就是典型的“佛系年轻人”，什么事情都不悲不喜，什么事情都微笑面对。

真实的原因是，他的心脏有问题，所以从小就被教育心情不能大起大落，遇事不能动悲喜。

他甚至都不能追求自己的梦想，成为一名飞行员——也因此，后来狗焕一直想要替哥哥实现梦想。

但是他后来还是冒险了，因为他爱上了一个女孩子，朝思暮想，等她回来，不顾一切，跟她在一起——唯有如此，才能幸福。

没有经历过冒险与失落的人生，哪里有青春可言？！

我倒是见过很多人到中年，却依然少女心爆棚的女性。她们自信、豁达，遇事不怕困难，学习能力超强，好奇心伴随着左右。

天真之气，让她们能够保持青春。

也因此，我一直以为“中年少女”说的是她们。

从年龄而言，的确是人到中年；但是从身心来看，又的确是少女阶段。

那些二十多岁的女孩子们，在犹豫彷徨不敢追求想要的生活，不敢去做想做的事情时，这些三四十岁的姐姐们，却像是少女一样在自己的人生中横冲直撞。

她们一个人背包去旅行，辞掉稳定的工作做喜欢的事情，在亲密关系中独立而投入，从未因为结婚生子就失去一个女孩本来有的光辉。

她们三四十岁了，去学画画，去学舞蹈，利用业余时间去学新的技能，去读书，去充电，去变得更美好。

好羡慕，好赞叹，好佩服。

在我们的世界里，平凡而稳定的人太多，耀眼却特别的人太少。

如果我们注定不能伟大，但至少，我们可以变得特别一点，与众不同一点，为了自己再努力一点。

无论什么时候，都朝气蓬勃，都葆有好奇之心。

这样的少女，真好啊。

那些讨厌的人
不会让你成长

今天看到一个段子：我非常讨厌一个人的时候，会连喜欢的人都放弃，你们俩一起玩去吧，我不在意了。

很多人在评论里“嗯嗯”表示同意。我也大致如此。

看上去有些任性。但是当你极端讨厌一个人的时候，连他参与的一切都想全盘抹去，最好是没有一点点干系。

虽然这样说显得很不“大度”。但实际上，大度和小气是相对而言的。

有时候，一些人的所作所为的确惹人厌恶，甚至影响到自己，大概也实在找不到不讨厌的理由。

那就尽情地讨厌，然后尽快地离开，不要让他影响到自己的心情，尤其是，不要影响到自己的生活。

因为，得不偿失。

我有过一个特别讨厌的人。

想起来，大概是我有生之年遇到的最不喜欢且时间最长的一个人。因为一些工作往来，不得不接触，但是每次都如坐针毡，浑身难受。

不得不说话，但说每一句都觉得是煎熬。不得不见面，但每次见面都在心里想“永远都不要见才好”。

唯一值得庆幸的是，我不需要假装喜欢他。

只要把事情交接好，把业务处理好，彼此之间不需要敷衍，不需要交际。

最初，我并没有多么淡定，相反，我很抓狂。

因为在最开始几次接触之后，基本确定是个我很讨厌的人，为人处世，说话做事，都恰好是我不喜欢的样子。

有段时间，我的情绪大受影响。

除了会跟克莱德先生吐槽，我还经常陷入情绪崩溃——特别简单，就是一想到要跟他接触就很烦，一想到他的各种事情就很恼火。

有什么用吗？

没有。

每次抓狂结束，崩溃结束，还是得去面对。成人世界的游戏法则之一，就是“身不由己”。

当你在不得不做的情况下把事情做好，才身经百战，刀枪不入。

到后来，我能够逐渐处理好，是因为我想明白了一个道理：他不是我生活中的人，我不应该把对他的情绪抵触带入到生活中，影响到我的心情。明明很讨厌他，为什么不在第一时间就把他抛在脑后？明明很厌恶他，为什么还要浪费情绪在这种人身上？

慢慢地，就变得清爽起来，做事是做事，生活是生活。

事情我们可能没得挑，工作也总是要努力去完成。但是当我们学会把工作情绪和生活心情分清楚、打好包之后，一切就会变得简单多了。

我有个好朋友，也有过奇葩的经历。

她刚进公司的时候，聪明伶俐，也挺招人喜欢，跟所有人处得都不错。但很快，有个女性前辈不知为何很讨厌她，而且公开表示对她的厌恶。在一起时冷嘲热讽，暗地里给她挖点坑使绊子。

虽然她是懵懂的职场新人，久而久之，也能够感受到那份恶意。

最开始是委屈，偷偷一个人哭，不明白为什么会得罪到人家。后来是厌恶，觉得这个女人总是处心积虑针对自己，真是蛇蝎心肠。她委屈烦恼得几乎抑郁，需要男朋友和闺密不停地安慰才能够平静心情。甚至想过辞职算了，因为那个女人散播很多奇怪的传言，令她备受误解。

再后来……学会了置之不理。

她说，当时也不是坚强，就是学会了当阿 Q，事情做好，其他的就乐观对待吧。

唯一的原则是："我只要走出写字楼，走下台阶那一刻，我就告诉自己，忘了这个人，她没有资格来到我的生活中，把她抹去。"

她伤害不到自己，因为她连个影子都不算。

很快，她就走出了阴影，走进了自己真正的职场生活。学会去跟同事相处，学会去把事情处理好，学会成长。

时至今日，那个当年的同事早就调去了其他部门，还是个普通员工；而朋友早已升职为部门经理。

她们很少遇见。遇见的时候，也假装没看见。

"我觉得她现在压力比我当时还要大，不过这些都没关系了。"她说。

这个世界上，并不是所有人都是我们喜欢的，也不是所有人都喜欢我们。

取悦别人是一件特别难的事情。

要变成不是自己的样子，可能要削足适履，可能要俯下身子满心委屈。

同样，逃离对一个人的厌恶也是一件很难的事。

厌恶，说白了是一种情绪。一旦这种负面情绪掌控我们的生活，我们就会变得不快乐，变得焦躁、烦恼，暴躁不安。

如果你很讨厌一个人，找出讨厌他的理由，找出逃离他的路径。如果讨厌无法克服，那就尽快离他远一点；如果逃离无法实现，那就记住：不要让他来到我的生活里。

我有自己的世界，我有自己的原则，我不会和讨厌的人在一起生活，因为我要活得更快乐。

醒醒吧，那些讨厌的人不会让你成长。他只会让你变得很烦，不快乐。

有人说，我很讨厌爱人，怎么办？

同样的原则。

要么克服讨厌，找到你爱他的路径；要么找到逃离的路线，去找你真正的幸福。

幸福是什么？

是有能力把那些厌恶的人或事，都摒弃在自己的世界之外。

朋友圈之外，
才是真正的生活

跟“90”后小美女佳佳一起吃火锅，菜料入锅翻腾起来，我刚要拿筷子，她掏出手机：且慢！

开始拍照，左一张，右一张，拍完了还要花更多时间挑图、修图，好不容易发了朋友圈，抹了一把额头上的汗水，筷子往锅里一捞：“哇，太好吃了！”这才露出了小女孩的豪爽与可爱。

我一边大快朵颐一边跟她讨论：“发个朋友圈那么大费周章有必要吗？”

她手一挥：“没办法呀！你想想看，我的朋友圈里大部分都是我的同学或者同事，也有一些真正很熟的朋友，但更多是社交关系的那种。你看人家老同学或者是同事一个个都发高品质的生活照，今天买了包包明天去了马尔代夫，吃个工作餐都是美美哒，我如果发女汉子的照片，那也太跌份了吧？！朋友圈就像是个小舞台，涂脂抹粉才能登场，谁素颜朝天谁遭人耻笑，哪敢？！”

佳佳说，虽然人人都有本难念的经，个个都有自己的烦心事，薪水迟迟不涨，结婚还没买房，跟男朋友吵架冷战了好几天……但是谁会把这些真实的生活发到朋友圈里给别人看啊？看上去也太可怜，太低级了吧？！

所以，发到朋友圈的自拍照一定是修图修图再修图，生活照一定是选了又选拍了又拍的。

对很多人而言，朋友圈是过给别人看的生活。

而朋友圈之外，才是真实的人生。

偶尔我会翻一翻我自己的朋友圈。

后来我发现，占一大半是喝茶、插画、读书，又或者是看了部什么电影，有什么美剧值得推荐，颇有感触的碎碎念，或者出去玩的照片。

若这是我不认识的人的朋友圈，大概我也会觉得“她”过得很逍遥自在似神仙吧，毕竟这看上去真的是实现了我大部分的梦想啊——有时间，有乐趣，有自己的小爱好，优哉游哉，真是逍遥得很呢。

但是只有自己知道，朋友圈里大概只是我 1% 的生活。还有更多的热血沸腾、激情四射、蓬头垢面、满面憔悴的时刻，是在朋友圈之外。

那才是真正的生活啊。

有时候，我会忙得焦头烂额，晚上十点才能吃一整天里唯一的一餐；有时候，我也会开车在路上飞驰，心急如焚，怕耽误开会耽误约会耽误事情，跟每个上班族一样；甚至有时候，我也会一个人无聊地发呆，情绪低沉到无以复加，好长时间不知道该做什么。

这样的时刻，我没有时间和心情发朋友圈。

……

只是，我知道这才是真实的生活，正是这些鸡飞狗跳甚至头破血流的时光，把我渐渐锻造成一个真实、坚强的女人，让我成为我。

很忙的时候也会突然觉得很充实，好像又成长了，又有了收获；遇到问题绞尽脑汁去解决的时候，觉得自己又厉害了一点。

而每一次我情绪低落，克莱德先生总是会想方设法陪着我跟我聊天，想办法让我走出那些情绪的困扰，给我注入一点力量——每次这样的时候，我对婚姻对伴侣会有一些更深的了解。

这样的时刻我也很少发朋友圈，但这才是我真正的生活，滋养着我。

爆款美剧《西部世界》中，曾经有很多关于虚拟世界的讨论。

这是一个遍布仿真机器人的虚拟世界，机器人被称为“接待员”，他们在这里扮演不同的角色，按照程序员和创造者早已经编排好的故事情节，迎接人类来这里“探险”。

而来自真实世界的人类，来这里解闷，探险，或者是开眼界，99% 的人知道自己是来自真实的世界，这里是个消遣。但也有 1% 的人，沉迷于这个游戏不能自拔，不但害了别人，也伤到自己。

威廉年轻时到这里来，曾经一度很排斥，很厌恶，但是后来却沉迷其中难以自拔，每年都要到这里来探险，甚至成为巨富后，斥巨资购买这个公司成为老板。人人都觉得他家庭美满事业成功，实际上，他老婆自杀身亡，女儿与他形同陌路，他一个人在虚拟世界里像是个孤魂野鬼，继续上演着“孤胆英雄”的角色。

他以为自己是真的，其实人人都知道他是假的。

说起来，这跟我们在社交网络中的故事还真有点异曲同工的意思。

无论是西部世界还是社交网络，大部分都是虚拟的，也许有一部分是真实的，但绝对不是全部，也不可能是全部的生活。

我们在这里透露一点自己的兴趣、爱好，生活的点滴乐趣，是无可厚非的，但最好是浅尝辄止，不要入戏太深，否则，为了朋友圈而朋友圈，怎么看都挺悲凉的。

给别人看到生活中美好的一面，是我们的本性——喜欢展示，甚至有点点卖弄。没有人愿意暴露人性中暗黑的那一面，人们也不喜欢总是抱怨的人。这是人之常情。

不要把朋友圈太当真了，尤其是，不要当成秀场或者舞台。

发个奢侈品包包，但并不代表生活真的优渥；每天都在发美食，不代表一直悠闲自在；到处旅行到处拍照，但照片背后的故事你并不知道……这些碎片在一个人发送的时候可能只是当时的心情，而在看的人眼里，却勾勒出的是一个完美的虚拟人生。

可怜的是，还有人参考着别人的朋友圈来生活，甚至窥探到别人的生活而心理失衡时，这真的是特别不值得的一件事。

因为，你看到的可能是经过挑选、粉饰的，那不是真正的人生。而你付出的真实情感、情绪失控却会真的影响到自己的生活，甚至会让你变得不那么快乐，何必呢？

我们需要的是朋友，是真实的生活，而不仅仅是个，朋友圈。

千万别把嘴贱当耿直

有个女孩说，有点受不了自己的一个女性朋友。

这个女孩，内心给自己的人设是耿直 girl 吧，总是喜欢把自认为看穿的事情说穿，朋友圈里是，当面也是，句句刺心，常会让当事人觉得尴尬无奈甚至颇有点被当众衣不蔽体的心理感受。

她评价朋友的朋友圈，会说人家强装幸福假装开心这件事，我就觉得挺低级的。

尽管我也看不惯有些人喜欢伪装幸福粉饰朋友圈这件事，但是讲真，那是每个人的性格、爱好以及生活氛围造成的，那是人家的私事，旁人去指手画脚说三道四，真的没必要。

看不惯就闭上嘴走开好了，非要去戳破又有什么意义呢？

无非是在秀优越感罢了，又或者，是自己求而不得，于是就觉得别人得到的也不是很正常。

这心态，也是无语了。

若是看欧美的影视剧多一点，有个词大家会很熟悉——Judge（评判）。

他们动辄就会说：“Don't judge me！（不要评判我）”而很多人在沟通的时候也会表明态度：我不是在评判你，因为这是每个人该有的尊严。

对别人指手画脚，是非常不礼貌的一件事，更不要提干涉别人的私事，是大忌。

朋友中总是有一类人，喜欢把嘴贱当耿直，还乐此不疲。

他们好为人师，喜欢居高临下的指点；又或者，若是看到一点跟自己想法不一致的事情，马上就要点评一二，甚至态度强硬，必须要争个高下。

若是得知别人的做法不如自己的高明，那简直是要宣告天下了："哎哟，你说你笨的啊，你这种人就是让人来骗的！"

噢，我的天。

从前认识的一个朋友，做生意赚了点钱，可能有了点见识，然后就自诩高人一等，关键是从此嘴贱得一塌糊涂。

有回小聚，有人特意从家里带了茶叶。吃饭前，先泡了一壶茶，大家一边喝茶，一边聊天，其乐融融。

突然，他大声说道："你这茶叶，20块钱一斤卖给我，我都不要，你怎么还喝这么差的茶叶啊……"有人赶紧打断了他，但是那位带茶叶来的朋友的脸色已经红一阵白一阵了，本来是热心，却被说得这么不堪，换了谁都不爽吧？

结束要离开的时候，他说自己喝酒了不能开车，和另外两个人要搭一个朋友的车。

一上车，刚坐稳，他又自认为很熟络很自然地评价开车的那位朋友："你这车档次也太低了吧，让咱这几个人坐太跌价了……你这都工作多少年了，赶紧换个车啊！"

作为朋友，他应该知道，那个朋友家那一阵子接二连三出事儿，焦头烂额忙作一团，哪有心思想这些事情，没人理他。没人喜欢一个讨厌精在自己面前碍眼，不是吗？

这种人真的是见一次躲一次，能躲就躲。

有时候，闭上嘴，是一种善意，更是一种修养。

中国人讲究的是看破不说破，讲究的是外圆内方，可能你内心有想法有坚持，但为人处世要圆融。

直率，坦诚，耿直，直白，不是坏事，甚至是我们推崇的品质。

但是，这完全不等于嘴贱。

每个人的生活环境不同，甚至所处的社会阶层、见识资历也不同，不能用自己的标准去要求所有人。

这世界，的确有些人比你的水平低一点，比你的生活差一点，比你见识少一点，但这不代表他们就没有自尊心，没有进步空间，也不代表他们就应该被你指手画脚，甚至践踏尊严。

这真的是一件太令人讨厌的事情了。

若是看不惯，或者觉得跟自己相去甚远，那就不去看，甚至拉黑了事——人家有自己的世界，有自己的空间，又不是仅仅为了你存在的，你也不要总是揪住人家不放，好吗？

看到人家朋友圈里发个杯子，非得说是假的，然后卖弄一下知识说自己知道多贵的杯子；看到人家去海边玩，非得说那里的沙滩不好，还是他去的巴厘岛马尔代夫更赞；看见人家吃个什么小菜，就非得说不干净塑料袋做的又或者吃了怎样怎样。

……

啊，这种人，大概活得挺不快乐吧？

嘴太贱，心里也不可能太舒服。

而且心太狭小了，没有格局，不存善意，不懂得给别人留余地，自己又怎么会有余地呢？

真正善良的人，会懂得看破不说破。

毕竟许多事情背后有我们不知道的故事，许多表象的背后有我们不了解的真实。

不如，做一个知道会闭嘴的人，做一个真正的朋友，而不是负能量爆棚四处撒垃圾的人吧。

人生只剩不到 22K，真的没有资格浪费

看了一个短视频——《人生只剩不到 22K》。

原本我以为是用电脑容量来形容我们的人生其实并没有想象中那么庞大厚重。没想到，说的是更为实际的，我们还剩下的生命天数。

果然，我跟片中的女孩一样，惊讶得说不出话来：什么，我的生命居然剩下的只有这些天而已？

女性平均八十二岁，男性平均七十六岁，女孩是刚大学毕业二十二岁，所以算下来是不太到 22000 天。我算了一下，我只有 16000 天多一点而已。

天！一直觉得自己还年轻着呢，觉得时间还多着呢，觉得人生还长着呢……

没想到这样一算，居然不是我们想象中十几万、几十万天，而只是，几万，甚至只是一两万而已。

那些虚度的时光，那些浑浑噩噩的日子，那些没有认真度过的每一天，在此刻看来都好罪恶啊。

我时常会有时间倏忽而过的感觉。

尤其是从报社辞职后的这近一年时间，真心觉得时间特别“不经用”，一天时间，“嗖”地一下子就过去了。

早晨起来做一点事情，然后喝咖啡、写稿子；中午吃点东西，休息一会儿，下午看会儿书，处理工作，有感觉就写会儿稿子；傍晚要做晚饭，晚上要辅导豆豆写作业，给他读睡前故事，等他睡着，我和克莱德先生看会儿电影，或者我去写会儿稿子，他看资料……

一天下来，觉得没做什么事情，又好像忙忙碌碌，一下子就过去了。

我有一位朋友聊天时说起时间，她说，觉得过了三十岁之后，好像日子变得特别长。

每天去上班，觉得要熬好久才下班；下了班回到家，觉得好多事情还要做，孩子要管，家务要做，要忙活好久才能睡觉；一觉醒来，又该去上班，又该熬一天……

大概，我们每个人对时间的概念，来自我们对生活的感受吧。

我常会想起豆豆刚出生那一年。晚上他经常醒来不睡，我守着他，苦苦地盼着天亮，盼着其他人赶紧醒来可以把他带走，我再睡一会儿。

而现在却觉得，那时候的他真是天真无邪，可爱到不可方物，又觉得那些日子过得太快了。

所以，我们对时间的感受，好多时候源自我们对生活的感受。

只可惜，时间并不因为我们喜欢而变得慢一点，或者我们厌恶而变得快一点。它只是滴答滴答地一分一秒度过，一天一天把我们变成我们喜欢或者讨厌的模样。

人生还剩下的日子，啊，并不是很多啊。

刚踏入社会的年轻人大概是两万多，还有比我年长的，也许就是一万出头。而我们的父母，可能更少。

而这个数字，逐日递减，若是想到这一点，你是否也会跟我一样，颇为感触，甚至起鸡皮疙瘩呢？

还是要把日子过得舒服一点，悠长一点，用喜欢的事情填满自己的人生，用热爱的事物来装点自己的生活，让每一天，都有 24 小时的样子；让每一刻，都有自己喜欢的模样。

我不知道十年后我会在哪里。

但是从这一刻开始，我要把每一天都过得快乐一点，充实一点，幸福一点。

从这一刻开始，让自己向着喜欢的样子去努力，实现心中的梦想，追求想要的目标，成为想要成为的那个人。

人生只有 22K，我们好像还真是没有资格浪费啊。

“你知道他背后是怎么说你的吗？”

大袁和小刘是同事，在同一个部门，只差半级，年龄相仿，性情相投，颇为投缘。两个人时常搭档做项目，也算是配合默契，颇有成绩。

仿佛突然间，两个人关系就疏远了。

在公司里遇见了最多点点头，算是打招呼，彼此之间再不像从前一样约着去楼顶上抽烟，更不要提下班后一起去喝一杯，关系默契的职场好友，突然就变成了陌路人。

知晓内情的人说，是因为大袁跟别人说了小刘的什么话，辗转传到了小刘耳朵里，导致两个人关系疏远。

小刘气的是大袁“背后既然这样评价我”，而大袁气恼的是小刘居然信那些添油加醋的道听途说，也太不信任自己了。当然，他们最厌恶和嫌弃的，是那个中间传话的人，那人没过太久，就辞职了。

他溜之大吉，留下大袁和小刘关系不睦，也真是尴尬。

“你知道他在背后是怎么说你的吗？”

这简直像是一句魔咒，就如唐僧给孙悟空念的“紧箍咒”，立刻就能让当事人深陷其中无法自拔。

听，可能会很不爽；不听，可能会更不爽。

总之，浑身痒痒，好奇心爆棚，一定要把这窃窃私语的话都听完，浑身震颤，五雷轰顶，甚至手脚冰凉，才算完。

职场上，到处都有喜欢念这种紧箍咒的“长嘴”者，他们不知是如何打听来一些零零碎碎的闲话，添油加醋，再创作加工，然后传达到某个当事人的耳朵里，还要一副笃定的样子“是那谁谁说的”。

几乎每个公司、每个单位都能看到他们的影子，还特别活跃，特别起劲。

因为每一次念紧箍咒，都让他们感受到存在感和力量感，一副真诚的嘴脸背后，是恨不得天下大乱的糟心。

朋友之间也有。一个朋友圈子，若是有一个这样的人，基本上就可以鸡犬不宁，鸡飞狗跳了，他们也不是真的挑拨，有时候可能真的是“原话转达”，但实际上这已经是一种背叛和出卖——谁没有议论过别人？但是非要把这议论放到当事人面前，就实在是一种过分的举动了。

朋友跟我说，他有个哥们曾经当着他的面，念了另外一个朋友发的微信，内容是批评他有件事情处理得不好，言辞激烈，一字一句全都念出来，全然不顾当事人的尴尬。

他的处理方式是，马上跟这个传话的哥们疏远了，并且去找那个批评自己的朋友沟通、交流，达成共识，解决问题。

他说，作为朋友，本来有责任与义务屏蔽一些会让友谊受损的信息。“今天他这样对别人，谁知道他会不会背后也这样对待我呢？”

不议论别人的是非，是我们尽量要做到的事情。

但是家人之间，朋友之间，同事之间，不可能一点谈论、评论的话语都没有。而有时候，这样的话即便不是贬义，不是抨击，到当事人那里听上去也会觉得不舒服。

这样的时候，应该只接收，不传播，更不要直接转达给当事人。

即便是夫妻之间，情侣之间，偶尔也会跟别人透露一些对另外一半的看法，甚至评价。这本来可能是一种吐槽，一种减压，但若是被辗转传到另一半的耳朵里，就真的会影响到感情，损害到亲密关系。

“你知道人家说怎么说你的吗？”这样的话，我听见就头疼。

引起我头疼的，不是评价我的始作俑者，是特意来传达给我的那个人。

大概，引起我们的不快，惹得我们彼此之间的关系有点疙疙瘩瘩，甚至制造一点人为障碍，是他们乐见其成的。

几年前有个朋友跟我吐槽另外一个朋友，言辞激烈，很是激动，我劝了几句，没什么效果。结果，没过多久，我碰到他们在一起推杯换盏，关系亲热。

人与人之间的关系本来就很复杂，且人无完人，彼此心中有点意见也是正常，别的人真的没有必要推波助澜，不是吗？

不要当一个闲人去传达闲话，这又何尝不是一种善良呢？

你太过在意别人的时候，很可怜

不止一次有人问我说："我也不想，但是我总是不自觉就特别在意别人的看法，但又不知该怎么办。"

有个小女孩问得更具体一些，她还在上学，但是发现自己总是会因为一些情绪困扰而影响到学习。

譬如，她特别在意跟自己关系好的朋友，一旦发现对方还有其他朋友就会非常不高兴，而这种不高兴又让她觉得自己很小气从而生自己的气……有点像恶性循环。

我提醒她多提升一下自己，让自己变得更优秀了，也许这些困扰就会自然消失。

在我看来，她对于别人的过度在意，对于友情的"独霸式"占有，有很大一部分，是源于她的不自信。

因为不够自信，所以特别强调存在感；一旦感觉到自己的存在感受到威胁，就会不自在、难受、痛苦，甚至做出令人匪夷所思的举动。

她不解，认为自己明明是被这些情绪困扰，跟自信有什么关系呢？前后发了好多条信息，看上去有点像是喃喃自语。

而我能给她的终极建议，就是多看书，好好学习，成绩好了，心里有东西了，自信的光芒会遮蔽这些脆弱的情绪。

许多年轻人都会有一点自卑情绪，尤其是发现自己平淡无奇，根本没什么可以拿出手的技能的时候，那的确是会让人觉得卑微如草芥。

但仅仅卑微不够，仅仅是情绪上的巨大波动也不够。更重要的是，如何去解决，去调整，去变得自信，去变得更好。

自信，会像是一种发光体，由内而外让人散发出光芒，让自己变得从容、自在，也让周围的人感受到这种魅力。

小 M 跟我讲过另外一个版本的故事。

她有个关系不错的女朋友叫小 C，是她的大学同学，毕业后留在同一座城市，尽管上学时不算熟，但是两个年轻人在大城市里要相互陪伴相互鼓励，慢慢关系也就亲近了，时常一起吃饭，周末一起玩。

但渐渐地，小 M 觉得有点不对劲。

因为小 C 实在“太在意”她了，每天会打好几个电话，会发好几个微信，问她吃了吗，在干吗，嘘寒问暖，闺密之间这种感情倒也无可厚非。但是后来，偶尔小 M 若是跟同事、朋友在一起玩，小 C 都会很不高兴，甚至会跟小 M 怄气……她觉得有点“恐怖”，想要躲着对方，却受到更多的纠缠。

难道是对你有什么想法？

小 M 连忙说，不不不，她有男朋友的，感情也很好，两个人都筹备婚礼了，婚纱还是我跟她一起挑的。“她自己说的就是，很在意我们之间的友谊，所以她就不喜欢我跟其他人交往，这太奇怪了。”

我问，除了你，她有其他的朋友或者是关系不错的同事吗？

小 M 想了想，回答说：“好像没有吧。从来没听她说过跟谁关系好，她性格有点孤独，我们平时在一起，她除了说自己和男朋友，没怎么听她提到过别人；我如果说别人的话，她还不高兴……”

小 C 上学时成绩一般，毕业后工作一般，长得一般，经济条件也一般，她在单位里比较畏首畏尾，从来不出头，怕被人笑话；在感情里也是比较被动的那一方，大多数时间，就是跟着男朋友走，什么都听从对方的，“因为觉得自己条件不太好”。

这样的人并不少见。

世界上不是所有人都适合做主角，我们大部分人可能只是大生活中的小配角。

但是在自己的人生中，我们一定是自己的主角，而如果连这一点都做不到，该有多么悲哀。

我们一定会在意别人。

因为是社会动物，有社会属性，就会在意那些重要的、亲近的人，甚至有些人连陌生人的看法都会在意。

这无可厚非，甚至能够帮助我们更好地认清自己，提升自己。

但是如果过于在意别人，甚至成了自己的困扰，就该提醒注意了，因为很有可能，你的心神在变得微弱，你的自信在被吞噬，会成为别人的附庸，变得可悲又可怜。

这样的人会幸福吗？

当然不会。

他们会以别人的评判为标准来生活，喜怒哀乐都由别人来决定，像是一棵飘摇的水草，游来荡去，却没有属于自己的那一方天地。

我们都会在乎友情，在乎朋友，在乎亲爱的人。

但我们更要在乎自己，内心的成长，人生的滋养，而不是，看着别人的手势，活在被指挥的影子里。

因为能充实内心的，只有我们自己。而不是其他的人或者事物。

珍惜你的好朋友，也不要再为离开的人哭泣

每个人都有失去过朋友的经历吧？

即便不算上那些因为变故突然消失，因为生活发生改变而失去联络的人，还有很多，是伴随着我们的成长、阅历、心态变化，而渐行渐远，逐渐相忘于江湖的，也数不胜数。

我们总是唱“朋友一生一起走”，但是能一起行走一辈子的朋友，其实屈指可数，所以才宝贵，要写在歌里大声唱出来。

回头去看，我们的成长经历中，都有许多渐渐淡去的影子。有些人，曾经在我们的生活甚至生命中扮演过非常重要的角色，但是那也只是某个阶段而已。时过境迁，即便不是有意为之，也逐渐疏远了。

没有谁对谁错，后来才发现，大概早晚都会有那样一天吧，只不过最初我们没有意识到。

初中时的女同桌，曾经关系要好到形影不离，因为一点小分歧，后来有很久不说话，即便后来在毕业前又“重归于好”，也不再交心，毕业后更是再也没有任何联络。

大学时曾经来往颇多的人，倾诉过心事，诉说过烦恼，可是到后来就渐渐走远了，没有变故，没有矛盾，好像，本来就是彼此生命中的一个过客。

二十岁之前，偶尔想起来会懊恼不堪，认为是自己的错误，或者别人

的冷淡，才会导致两个人关系渐远，觉得很遗憾。

后来渐渐明白，有许多人真的就只能是“某个阶段的朋友”。在对的时间相遇了，看似心灵相通，兴趣相投，所以才紧密联络互动往来。

但实际上，彼此的三观并没有那么贴合，认可的程度也没有那么高，彼此之间的关系，说得露骨一点：“不过了了。”至于以后分道扬镳，也是必然。

能做的不过是，心中默默祝福“愿你安好”，然后把自己的路走好，愿他们也好，就是了。

有个朋友对我说，她发现被一个朋友屏蔽了，心中很失落，后来索性拉黑了事，但心中还是很难过。

我特别理解她的心情。因为我也曾经遭遇过类似的事情。

那是认识好多年的朋友，我一直认为我们关系不错，经得起时间和事情的考验。

结果突然有一天，我发现微信被对方拉黑，大吃一惊，打电话发短信没有任何回应，当时一心想着问问：到底是怎么回事？！

也幸好，他做得比较彻底，没有给我“问问”的机会。就像是一堵墙，我发出去的任何信号，都被屏蔽掉了。

失落之余，我开始想这件事、这个人，想我们之间为什么会有这样的情况，想自己的过错……

后来算是自我安慰，也算是茅塞顿开——我们之间大概早晚有这样一天吧，早晚会从朋友成为陌路，从原本可以肆意说笑的朋友，变成僵硬的陌生人。

若是因为几句话就会恼怒到断交的人，怎么做朋友？因为采信别人口中讲的什么“故事”就远离我的人，我又怎么跟他做朋友？若是这份友谊经不起任何考验和推究，又有什么意义呢？

之前，只是风平浪静，没有发现友谊的潮水下面有暗礁，所以就认为关系很好天下太平；而如今风雨欲来，突然就露出峥嵘，好像也没什么奇怪的了。

朋友之间，也不可能从来没有矛盾、纠缠或者烦恼；但是真正的朋友，会沟通，会解决，会相互理解，甚至吵一架闹一闹，回头又和好，不是吗？

感情再深的夫妻也会吵架，朋友之间的摩擦也是情理之中。就像是潮涨潮落，经历过风雨和时光的淘洗，留下来的，才是朋友吧。

而那些为了一点事情就翻脸，甚至任何事情都没有发生，只是渐行渐远的人啊，他不过是你生命中的一个小符号，彼此经历过，挥手作别，就好了。

偶尔他们会说我对朋友“苛刻”，甚至有人留言说：你大概没什么朋友吧？！

嗯，大概是，我对朋友的概念跟别人不太一样。

所谓“朋友遍天下”，并非是“全天下都是我的朋友”，不过是在很多地方都有意气相投性情相符的朋友罢了，不要误会太深了。

若是跟所有人——大部分人都成为朋友，我得普通成什么样，无聊成什么样，得多无趣啊？！

愿你珍惜你的好朋友。也不要再为离开的人哭泣。

还是收拾好心情，微微笑，这世界总会有人爱着你，也总会有真正的朋友在等你，何必为洒了的牛奶哭泣呢？

你那么独一无二，

是这世界上最美的风景。

PART

04

—

够独立，

岁月静好

真正的独立女性，不会靠性别上位也不会忍辱偷生

韩剧《经常请吃饭的漂亮姐姐》和国产剧《北京女子图鉴》都曾经火得一塌糊涂。

有几句话，想从女性独立这个角度说一下——因为两部剧的女主角，都从某个侧面反映出了在当下环境中，女性生存的不易，以及面对这种不易，不同女性的不同表现。

先说《北京女子图鉴》。

戚薇饰演的女主角陈可依这几天可谓是被“口诛笔伐”，因为她打着北漂女子奋斗的旗号，细细看下来，却是一部“靠男人上位史”，甚至有人总结说，她是靠着 11 个不同的男人，一步步往上爬。

找工作，靠的是对她有所企图的同学校友，她及时保护了自己，但是工作却是要了；第二份工作，去参加油腻的饭局，前脚觉得很恶心，后脚就迫不及待地接受了工作；后续当然陆陆续续有好多种，尤其是她正正当当地表示自己想要活得更好，有更大欲望的时候，你不得不说“这是个顺势而为的女子”。

她把握住了机会，利用自己的美貌和性别优势，能够顺利地层层递进，为自己的未来谋划。

但是如果认真扒皮来看，这个角色，甚至这部剧，都透露出一种令人无法直视的毁三观的能量——如果你有美色，那么再加上一点“懂事儿”，

你就可能成功；如果没有，就算了。

可以说，陈可依的成功是偶然的，而且这种偶然是用糖衣包裹的毒药，喂给更多年轻的孩子们吃，他们吃下去这颗糖丸，如果信以为真，将会有怎样的未来和人生呢？吓人。

孙艺珍扮演的尹真儿在《经常请吃饭的漂亮姐姐》中整体而言评价是非常正面的，因为她工作努力，懂眼色，能抗压。

但是在这其中，关于职场的部分，可能看得人心里还是起鸡皮疙瘩——

尹真儿在面对职场欺压甚至性骚扰的时候，一直都是隐忍不发的。

无论是上司给她穿小鞋，还是聚餐的时候对她动手动脚，大呼小叫，她都笑脸相迎，奉陪到底。以至于，男上司觉得她好欺负，就逮着她欺负；而女同事们因此非常鄙视她，虽然她能给自己挡枪，却依然挡不住地鄙视她，看不起她这一点。

从现实角度来看，这种情况的确存在，所以格外触目惊心。

也正是因为有这种现象，甚至说比较普遍严重，所以才会让人更希望有正面的引导——职场女性要敢为自己发声，拒绝性骚扰，而不是忍辱偷生，丧失自己的职场尊严。

幸好，《经常请吃饭的漂亮姐姐》到后来，有了一个天翻地覆的变化——尹真儿在恋爱之后，开始更加自信，更加有力量，开始反抗色鬼上司，并且也带领自己的下属，不再默默承受。

什么叫独立女性？

既能在生活中打理好自己，也能在工作中独当一面；既能处理好婆媳关系，也能够把职场关系打理得有条不紊；斗得过色狼，打得过流氓，能自我保护，绝不会让自己的身心受到伤害。

更重要的是，不攀附任何人。

无论是男人，还是女人，不会用自己的尊严和身体，去换取上位。

所以啊，像陈可依之所以会受到那么大的负面评论，更大原因是，她并不是真正的独立女性，只是一个穿着漂亮外衣的“捞女”——想起了《欢乐颂》里的樊胜美，她所有包裹的努力，最后就是想找个有钱人嫁了，衣食无忧，登上人生的顶峰。

就如同人们不认可《我的前半生》里的罗子君一样。

她前面靠老公，中间靠闺密，后面靠男人。

你独立的样子，真美啊！

超市的生肉区，买了点排骨之类的，等待工作人员给我剁块。

顾客不多，几个大姐一边干活，一边聊天——

“今天三八节，要我说，咱们女人地位那比从前高多了，我妈说以前女人都不能见人的！”

“那是因为咱女的什么都能干啊，男的能的咱能，男的不能的咱也能！”

“说到底，女人还得经济独立，经济不独立哪有地位？！”

一个大姐冲我笑：“你说是不是啊，妹子？！”

我点头，笑笑。

……

大姐们抡起刀来砍肉的样子，真的是飒爽利落，非常帅了。

虽然这个节日，没有鲜花，没有称颂，有的依然是忙碌不停，是围着工作和家庭团团转，但无论怎么看，我都觉得，她们真的很美。

网上有人讨论说，应该让陈数、俞飞鸿、袁泉、曾黎四个熟女拍个剧，就叫《淑女的品格》。四个单身淑女，不爱八卦，美貌多金，潇洒独立。

没有人叨逼叨地催婚，也没有一地鸡毛的三角恋，也不需要什么婚外恋和婆媳关系“撒狗血”……

独立女性该有的阳光美好的那一面，就该淋漓尽致地被展现。

虽然能不能真的拍成剧，不好说，但是，关于这个独立美，我双手赞成。

并不是结了婚的女人，才算是“成功”；同理，也不是大龄单身的女人，就是“失败”。

当然了，也不是结婚的女人就不必独立了——不依附于任何势利或个人，有能力养活自己，尽可能地过自己想要的生活，无论婚否，都是独立。

有点像《和平饭店》里的陈佳影。抛开有点神乎其神的剧情不说，陈佳影这个人最大的魅力在于，她是强大而独立的。

在追求革命事业的道路上，她跟丈夫是同生共死的战友，相互支援，又互相独立；在婚姻关系中，两个人也是这样的，相爱至深，但同时又非常深刻地理解对方，到了生死相交的地步，不可能有任何人拆散他们之间的感情。

有一个人爱你如生命，即便如此，她也依然是个独立的人格，自始至终。

作为女性，这简直是人生目标吧？

有灵魂伴侣，也有完整的自我。

只可惜，很多人都以为有了前者，就可以放弃后者；有了后者，前者就不太可能——虽然有点理想主义，但是不该放弃。

我认识的一个女孩子，出来工作赚钱，职场女性，看上去还蛮“范儿”的。

但是从单身时到结婚后，她唯一的念头就是“什么时候老公能发大财啊”，除了“买买买”这个初级理想，而后就是超想成为回家做做饭、喝喝下午茶、养养花、逛逛街的少奶奶。

遗憾的是，理想最后并没有实现。

所以，过去的这些年她活得非常不开心，特别不开心。依然上班赚钱，但我知道她的不独立——随时准备倒下来，找个人靠着。

我还认识几个全职妈妈，她们也很有意思，爱读书，爱看新闻，懂理财，学育儿，一个个把自己安排得仿佛每隔几天就要变个样子。

很多人觉得只有出来工作才能经济独立，才算是一个女人的独立；但是我从她们身上看到了另外一种可能，那是一种真正的人格独立——而且随时有经济独立的能力。

她们现阶段选择了一种生活方式，多照顾家庭和孩子。

但是她们却具备一种能力，就是如果有一天她们需要养活自己，根本不会为此惊慌失措，内心的稳定强大，眼界的开阔锐利，这才是最重要的。

无论哪个年龄阶段，当一个人足够独立、足够强大的时候，她会散发出令人眩晕的美。

像是卓然开放的一朵花，无所谓别人看不看得到，也无所谓别人怎么看自己。

她知道自己的美。也懂得自己的好。

她在该开花的时候开花，在该凋谢的时候凋谢，她吟唱着岁月与风雨，感受着阳光与寒风，一切自自然然。

你独立的样子，真美！

你要努力，不活成“中年妇女”

小时候就很害怕中年妇女。

她们总是家长里短，围在一起不是说老公就是骂孩子，又或者谁家婆婆太坏了，谁家发生纠纷，好像永远都没有开心的事情，不是缺钱，就是少爱。

愁眉苦脸地忙碌着，永远灰头土脸，永远循规蹈矩。

仿佛她们，就只能是围绕着田间地头锅碗瓢盆老公孩子转的。

没有时间，没有自己，没有新衣服……什么都没有。

若是不幸运的话，还可能恰好嫁了一个酗酒家暴的男人。

喝酒，喝得家徒四壁。喝完了又要发酒疯，家里鸡飞狗跳，打老婆永远是自家事，外人不能管，连警察也不能插手，于是一打就好多年。

唉，中年妇女，在我心目中，一直是“不幸”和“凋零”的同义词。

不是我对劳动人民有意见，当然不是。我也知道她们有很多苦衷，譬如收入低，负担重，压力大。

但是在那样的状况下，也只能如此，而已。

但也有很多人，明明有机会和能力选择其他的机会，却好像没有能力做出。

我有个同学的母亲，年轻时很漂亮、飒爽、勤劳、爽朗，无论是家庭还是做事，都是一把好手。

家里是两个女儿，供她们读书，我同学读到了大专，她妹妹则读了中专。家庭负担，说大也不是特别大，毕竟有几年种田还是有很高的收入的。但是不知道为什么，年轻时飒爽开朗的母亲，渐渐变得压抑沮丧，又突然很暴躁，再也不收拾自己，慢慢就成了灰头土脸中的一个。

“她总是说自己命不好，总是说谁家有钱盖了楼，谁家孩子拿了很多钱回来，谁家怎么怎么样，她自己就是各种不顺，各种倒霉，但是我们家也没有经历过什么真正困难，所以我就不太懂……”

谁也帮不到她，只能看她一边埋怨人生，一边沮丧地活着。

我无法控制外貌的变老，但是我在努力不活成中年妇女。

不让自己的生活全部围绕着老公孩子家务，我要我自己的生活；时间和精力，会给家庭和工作，但也一定会留给自己；必须要有自己的兴趣爱好，不管是喝茶、买花、看书还是旅行、看电影、刷剧，有人陪也好，没人陪也罢，总之，必须有；还要有任性的勇气和能力。

太多人，年轻的时候，热血沸腾，什么都敢想敢闯；但稍微有点年纪，有了家庭，就突然变得缩手缩脚起来，一点冒险都不敢，一点闯劲都没有。

要有少年气，这是抵御变老的最好武器。

有一天，我们会头发花白，满脸皱纹。

但是，我们要变成可爱的老太太，幽默、豁达，慧眼如炬，心里什么都懂，但未必要变得世俗而絮叨。

我们看过世界万千景象，认识人间百态。但从未被那些不好的事物染指，我们看到它，知道它，离开它。

归途依然，纯真如少女时代。

结婚以后，
除了孩子老公房子能聊点别的吗

去参加朋友菜馍的新书分享会，结束时，我拉住孔老师的手：“你陪我去吃点饭吧？！”

一则，是真的饿，那会儿已经九点多，没吃晚饭有点胃疼；二则，一整晚都没机会跟她聊天，不想轻易放开让她走。

好友向平说，她也要一起。她是菜馍新书的责任编辑，也是2015年我那本烘焙随笔集的策划编辑，是我的好朋友。

我本来担心她会着急回家照顾孩子，她的女儿年纪尚小，怕是离不开妈妈，我还怕她自己牵挂女儿。

她说，只怕是一时半会又见不到，所以得趁着这次，聊一会儿是一会儿。

接近10点，餐厅都打烊了，只好去了底楼的咖啡馆。

三个人，两杯红茶一杯咖啡，从读书聊到写作，聊到旅行与徒步，聊到情感与童年经历对成年后的影响，聊到……

再抬头的时候，店员们已经在做最后的清理，周围的客人早就走光了，目之所及，只有我们这一桌。

已经过了12点。

孔老师是“60”后，若是平日，我一定会顾忌她有早睡的习惯，担心她会累。谁知道，一聊起来就没办法打住。

因为跟她们聊天太有意思了。

话题偶尔涉及孩子，几句会谈及跟伴侣的情感互动，但更多，我们谈的是，对痛苦的理解，对成长的感悟，对人生的关照，凡此种种。

也有烟火气，也有柴米油盐，但更多，是世俗之外，理想之内的话题。

我一度对跟我的同龄人谈话有一种“怯懦感”。

尤其是我不是很熟的那种——若是跟我同龄，大都是结婚十多年，孩子上小学的年纪，工作大概有点忙，上有公婆父母，下有老大甚至二胎。

若是知根知底，互相说点生活中的细节，交流一番新心得感受倒也罢了，但若是不够熟悉，她上来就跟我说一通“你孩子英语学得怎么样了”“乐高机器人上了多久了”“钢琴过了几级了”“期末考试如何”，又说“老公不争气，工作不努力，感情不是很好，还有点隐约的担心但又打算继续这样过下去”，然后是“婆媳关系不好，公婆总是各种折磨自己”，再然后是“打算买哪里的房子，大概房价多少”……我基本上，10 分钟内就歇菜，脸色不好看，心不在焉，懒得应付，避之不及。

还有一种人，喜欢贩卖自己的人生哲学——我觉得恋爱应该怎么谈，我跟我丈夫之间的互动才是最好的，我对孩子的教育才是正确的，我的生活方式才是最好的……好吧，你真棒，再见。

亲近的朋友之间，彼此交流一些信息，交换一些看法，我完全是不反对的，毕竟有些地方的确一个人的目光不够宽广，别人也许有自己不及之处。

我不缺这样亲近的朋友。

所以在这个范畴之外，我希望有人跟我谈谈读书，谈谈旅行，谈谈对某件事的看法……这种人，往往能让我眼前一亮，心下思量：“啊呀，也许我该跟他更深一点交往，这是一个好有趣的人啊！”

可惜，遇到这种人的概率并不是很高。

也因此，遇到了总是特别珍惜。

几年前，我刚认识叶萱的时候，两个陌生的同龄人，在咖啡馆里热火朝天地聊着关于文字、读书、想法的种种，相见恨晚，一拍即合。

我们两个都有孩子，年龄差不多，但是我们几乎不怎么聊孩子——我们只是我们自己而已。

那应该是2013年或者是2014年的时候吧，我还在杂志社工作，闲暇之余写点喜欢的文字，她眼睛里放着光，鼓励我说："你要坚持写呀，你好好写。"

我心里一直很感谢她。

好多人总是说，希望自己的朋友越来越多。

但是三十岁往后，我却一直在精简自己的社交圈子，精简朋友群体——当然，可能别人也在精简我。

因为我发现，那些总是跟我谈及房子车子票子孩子的人，几年之后也不会有任何改变。

他们当初的烦恼如今依然困扰着他们，当年什么样子，如今还是什么样子。

好多时候，他们被生活困住了，大约也没有什么意愿往前走一走，所以就总是不见成长。

而那些我特别珍惜特别在意的朋友，每一次见面，都觉得欣喜，因为他们一直在成长，而我努力不掉队。

二十多岁的时候，我好像也在意过，不希望失去朋友——不离开别人，也不希望被别人"抛弃"。

时至今日，我却早已经习惯了渐渐疏离那些我无法从内心去靠近的人。

我们不过是当时有缘分，认识了，交往了，到后来，彼此之间不能非常恰切地融合人生与三观，各自去找更好的朋友，更大的欢喜，这有什么不好呢？

甚至，越早一点淡出，越好。

友谊啊，有时候就像是谈恋爱，投入的感情越多、时间越差，要抽离的时候就越难，习惯性使然。倒不如，在发现两个人之间的岔路口时，就挥手作别，去走各自的路更好。

在我小学时，非常喜欢一个同班女生。后来我转学离开，唯一想念的就是她，所以我人生最开始的信件是写给她的，跟她分享我的故事。但是我却从来没有收到过回信，为此耿耿于怀了许久。

几年后，我回到老家读初中，我们又成了同学。那时候我才赫然发现，她跟我记忆和想象中的样子，是完全不同的。这个发现，让我心里的遗憾落了地，在那之后，我们甚至连普通朋友都算不上。

现在回头去看，我没有所谓的“发小”，儿时的伙伴也没联络，但这又怎样呢？

人长大之后，要学会甄选自己的朋友了。不仅仅是那些泛泛之交，更重要的是，那些能给你人生启迪，让你获得成长的朋友。

他们才能真的帮助你长大，伴随你更漫长的人生。

分享一段我很喜欢的作者李娟的话给大家：“我失去过很多朋友，但从不觉得可惜。既然渐渐发现分歧，有了争吵，有了误解，再交往也是无益。更重要的是，缘分尽了，他们加于我的力量渐渐弱了。他们抓不住我了，便被我抛弃。”

朋友本来就应该是一路同行的关系，若是有人成长强大，有人原地踏步，离开，是迟早的事。

因为你们在内心，从未真正在一起。

青春再好，我也不想回去了

看到很多人都在发十八岁时的照片，几乎刷屏。

国庆节回老家，恰好把从前的照片都找出来了，其中应该不乏十七八岁时的照片。

但是我并不想去找。甚至对那段时光，也没有多么得怀念与慨叹。

说来也怪，现在的我跟年少时截然相反。从前，我读初中时，怀念小学时光；读高中时，想念初中同窗；上了大学后，好像又总是觉得高中时最好。

到如今，全然不是了。

青春纵然万般好，却也已经消逝了，就如同落花流水，记住它曾经五彩斑斓就好了，没必要时时刻刻地记挂在心头。

更何况，现在想起来十八岁，自己是多么迷茫、恐慌，充满了对未来的不确定性，在极度自卑中又掺杂着太多的自大，乃至于不知道天高地厚，想着全世界都在等待我，想着一切将由我来改变。

那时候，是个略胖且自卑的女孩子。

希冀着未来，却又恐惧着未来；期待着爱情，却又担心着爱情；迫不及待地想要长大，却又担心长大后有太多自己无法承受之痛。

迫切地相信自己会成为一个“人物”，却又暗地里认为自己可能一辈子碌碌无为。

一切都是矛盾的，纠结的，拧成了麻绳，怎么都解不开。

那就是我的十八岁。

好多十七八岁的小朋友发私信问我一些困惑，虽然我也会尽力去解答，用我的经验和理解去给他们一点点建议，但是我知道，他们未必会听。

因为十七八岁的时候就是那样的。

遇到一点事儿就认为是天大的事儿，若是有人倾听自己那自然是好的，但其实并不会真的去听从别人的建议。

有很多挫折，必须要自己去经历。有很多跟头，跌过了才知道疼，下一次大概就长了记性。

十八岁，大概就是用来疼痛、成长和迷茫的。

若从一开始就有特别明确的目标，人生也会很无趣吧？

太过清晰，太过明确，甚至太过功利的人生，失去了猜字谜、走迷宫时的那种恍然大悟、大喜过望的快乐。

我从十八岁往后，又经过了好多年，才渐渐找到方向；更不要提，直到三十岁，才渐渐明白自己是什么样的人。

人心那么复杂，人生那么诡谲，哪有一眼看穿那么简单？

我们都是矛盾的综合体，有时候明媚，有时候暗淡，有时候满腹希望，有时候又凋敝得不成模样。

就如同，每一次辞旧迎新，我们都觉得信心满满"来年是一个全新的自己"，但其实，过了这一天，来到下一年，还是从前的那个自己。

也因此，这些年不怎么做新年计划了，譬如什么要赚多少钱，要读多少本书，要交往几个朋友……统统没有。

重要的是，先把自己搞懂。

多给自己一点点时间，多看看自己的心，多清楚地知道自己喜欢什么厌恶什么，多沉静地看透在繁芜世界里哪个自己更快乐。

这比什么都重要呢。

前些年，忙忙碌碌的我很快乐，那时候工作的事情尚能应付，办读书会、开淘宝店，夜晚还能写字，忙得像个陀螺。

有一年征订季节，我自己做了很多手工点心送给征订的读者，好多分外之事做得心安理得，因为这样做我很开心。

这两年，更喜欢静一点，也忙，但不太喜欢热闹一气。

更多时候，喜欢歪在书籍文字堆里，看书、写字、喝茶、听歌，偶尔某个下午去看个电影，就欢喜得不得了。

回头看看，哪个是更好的自己？

都是。

也都不是。

这不过是当时最快乐的自己。

随着时间与工作的迁移，随着生活的变迁，我在改变着自己的模样，甚至喜好。

但无论什么时候，都能让自己不拧巴，能够自在，能够随着自己的心，这是无上的欢喜了。

所以，年岁并不重要，环境并不重要，重要的是，我们的心。合群并不重要，孤独也并重要，重要的是，我们是否自在。

无论是十八岁还是三十岁，心若自在，就是青春。

脸上的胶原蛋白，眼角眉梢的细细皱纹，只是给别人看——也是别人唯一能一眼看到而且最在意的。

可是心里的快乐与欢喜，只有我们自己体会最深，最切，最有滋味。

青春再好，我也不想回去了。

我沉溺现下，醉心此刻。

愿你终将穿越孤独，成为更好的自己

有个读大学的女孩子说她最近很烦恼。

读的学校和专业，并不是自己喜欢的，一直郁郁寡欢，加之寝室关系处理得不好，她被另外几个人孤立了，所以倍感凄凉。

大约有一种，前有陷阱，后有追兵的感觉吧，我想。

她说，每天一个人来来去去，独来独往，看上去像是坚强得不得了，但心里无时无刻不在刮起七八级大风，呼啸而过，凄凉寒冷。

她也希望有朋友有闺密，希望有爱情遇到喜欢的人。

但都没有。甚至，偶尔打电话回去，父母都好像在随意应付自己一样。

孤独，成了她生活的主题色，因此格外沮丧，甚至是悲伤。

除了上课，其他的时间不知道该怎么打发，偶尔去图书馆，但是看到那么多人出双入对，呼朋唤友，又想眼不见为净，躺在寝室里玩手机。

一天又一天，时光蹉跎，梦想遥远。

……

类似的女孩子我接触到了不少——微博私信，公众号的消息里，塞进来一条又一条她们焦虑烦恼的留言。

她们说，不知道该做点什么才好，就是，深不见底的孤独。

没有人懂得自己，没有人理解自己，更何况未来那么遥远，理想可能没办法实现，这种孤独和彷徨，甚至可以溺死一个人对生活的热情。

我一个人单独生活的时间，非常少。

读书的时候，要么住家里，要么是住宿舍，群体生活。后来跟克莱德先生在一起——只有那段时间我们处于感情冷静期的时候，我才一个人住了一小段时间。

但奇怪的是，当我回忆起从前的那些日子，我并不觉得一个人住的时候，就比跟爱人或者室友在一起更孤独。

一个人，未必就真的孤独。一群人，也未必就真能够逃离孤独。

高中时，我有两个好朋友，关系很亲近的那种，但后来到高二分文理科，我们分到了不同的寝室，所以我大多数时候也并不是总跟其他人在一起的状态——那个年纪的女孩子们，做什么喜欢都有一个伴儿，甚至有一次感冒打吊针，都是我自己去的。

十六七岁正好是个性最突出、叛逆最强烈的时候，我觉得周围的人都不能理解我——老师，父母，包括我的同学。

他们看到的是桀骜不驯、独立自我的我，但我知道自己其实不是这样的。

可是，只有自己知道，这是没办法寻求别人理解的一件事情。

无论什么时候，从绝对意义上来说，我们都是一个人的。

只有我们才会彻底地、无私地理解自己，如果想要寻求世界上像自己一样了解、理解自己的人，注定是要失望的。

所以，无论任何时候，不要寄希望于别人能够彻底地懂得、理解自己为好。

一旦放下奢望，你就会发现容易太多了。

如果有人跟自己关系亲近，那很好；如果没人能够懂得和靠近自己，也没关系，我自己也能够把事情做好。

我自己住的时候，就是这样一种特别沉静的心情。

每天早晨平静地去上班，去超市买喜欢的蔬菜瓜果，精心做晚餐，看会儿美剧，写一会儿字，然后去睡觉，特别有规律。

居然从未有过孤身一人的感觉，好像，原本就该如此，所以就不是问题。

松浦弥太郎的书中，有一句话是：“正因为你是孤独的，你才能与人相遇，建立关系。”

他说，每个人都会有“对孤独的不安和寂寞”，但是如果沉浸其中，就会觉得生活索然无味，失去乐趣，觉得“没人理解自己，一种疏离感充斥心头”。

当我们能够接受孤独这个事实，反而会变得沉静下来。

去影院看电影，回来的时候发现，我的朋友圈里有个读者说，她大概在影院里遇见我了，我们看的是同一场。

我惊讶地问：“你是刚才坐在最后一排的那个姑娘吗？一个人，特别酷。”

她回复我说：“是呀，我也觉得自己特别酷。”

退回到十年前去，当我说我一个人去餐厅吃饭的时候，很多人会大为吃惊说宁愿吃点简单东西，也绝对不会一个人去餐厅。

相似的，这些年，我经常一个人去看电影，但是偶尔说起来，还是有人像看怪物一样看着我：“怎么能一个人去呢？！至少要跟爱人或者朋友一起去吧，否则宁愿不看吧？！”

不行啊，怎么能宁愿不看呢？！

有些电影，克莱德先生不感兴趣，我又懒得勉强他——我也不喜欢被勉强，将心比心，能够理解呀。若时间上不合适，朋友约不到，不如一个人去看来得自在啊。

有些事，不必非要取得另一个人的认同和支持。你喜欢的，你中意的，愿意去追逐的，为什么要因为害怕孤独而放弃呢？！

不不不，无论是看电影吃饭还是生活理想追求梦想，我们到底要明白的是，孤独感是再自然不过的一种感觉。

重要的是，当我们能够接受“自己是孤身一人”这个事实的时候，一切就不再是问题了。

小的时候，占据着父母的注意力，被他们照顾、呵护，随时随地地注意。

但长大成人，就注定要独自一个人去面对这个世界——生活、工作，朋友关系，同事相处，没有人再会像父母那样为我们做好所有的预想和准备，哪怕是真心相爱的两个人，也无法做到那么无私地站在你的角度去为你着想。

松浦还有一句话是非常棒的：“在这世上的所有人，在孤独面前一律平等。”

是的，重要的不是置身于一个热闹的环境中，不是找一个随时随地都要陪伴自己的爱人。

而是你能明白自己是独立的个体，你会孤独，但你毫不畏惧。

当你习惯与自己相处，找到自己想去的方向，一切就会变得简单而清晰。

不再害怕，不再沮丧和游弋，你开始往前走，有人同行固然开心，没人跟上来，你也不会难过到自暴自弃。

走吧，年轻人，你已经长大了。

你终将穿越孤独，成为更好的自己。

那些迷雾不过是暂时的迷惑，你走到对面，发现阳光灿烂，而你的孤独，不过是一个没有真正力量的影子。

像张爱玲那样，脸上不要只写满前半生

偶像张爱玲有一张照片，我非常喜欢。

她站在那里，叉着腰，侧着脸，下巴微抬起，眼睛看向远方，颇有点睥睨众生的味道。

看过张爱玲的一些照片，她虽然很瘦，但是从未觉得是弱女子；即便是她的老年照，风霜尽染，却也不让人觉得被命运伤得体无完肤。

她的故事扒开来看，比什么罗子君、亦舒都要狗血曲折得多呀。

年幼时母亲出国，留她跟家里老人生活，才三四岁就没有母亲陪伴。十岁父母离婚，虽然她百般不情愿，但和弟弟一起被留给父亲。少女时代，跟继母关系不好，遭到父亲毒打，去投奔母亲和姑姑。年少成名，遇到胡兰成，一见钟情，后来两人结婚托付终身。却是遇人不淑，这个男人旋即另有所爱，不但有小三，还有了小四，她撑了一两年，拿稿费贴补他的生活，到后来才死心断交。她后来还有过一次恋爱，是跟一个导演，但没有修成正果。她的前半生，堪称曲折动荡，甚至称得上是狗血。后来辗转去了香港，又去了美国，认识美国作家赖雅，半年后结婚。两人互相陪伴了 12 年，大她二十九岁的赖雅去世，留她一个人又孤独地生活了近三十年，在公寓里离世……

换了别人，大概早就成了怨妇，絮絮叨叨，抑郁终生。

她却没有。

甚至，她冷冷的眼神，淡定的表情里，写满的都是对命运的不屑——所以，你还能把我怎样？

她热爱生活，讲究吃穿，尤其是喜欢新衣服，是个时髦爱美的女子。对吃也真的有热情，散文中有颇多小情趣的文字。

这才是真正的偶像啊。

并不是所有人，都有这样的能量场。

经年不见的朋友，在朋友圈里发了张照片，吓我一跳：印象中面相敦厚略有点帅气的男子，完全变了模样，脸瘦了一圈，但看上去没精打采，颇为老相；表情更是郁郁，一脸的"我不幸福我很惨"。

怎么就变得这么"丧"了呢？

他三十五岁之前的故事，跟我们大部分人大同小异：毕业于普通大学，二十五岁结婚，二十八岁当爸爸；在公司做了几年，辞职跟两个朋友创业，做了几个项目，都不太行，但屡败屡战，一直在忙活。

在我们还偶尔见面的那几年，他还是一个颇有朝气对生活和工作都有规划有理想的人，即便是受过挫折，却也没有意志消沉。

后来的故事，是另外一个朋友跟我讲的——他一直没再去找工作，总是在做项目，但都没成；他觉得是缺钱导致的，借了不少债，但还是没成；妻子赚钱养家，还房贷养孩子，还要从牙缝里挤出来帮他还债；夫妻感情磨得差不多了，他觉得是没钱导致的，两个人交流都困难。

……

他脸上写着的，就是他的生活。

而且看他的眼神，全是浑不懔：反正，我就这样了。

人们喜欢说，相由心生。

一个人的相貌里，会藏着他之前的人生经历，内心思想，读过的书走过的路。

甚至可以说，我们每个人的前半生，都写在了脸上。

有的人写满疲惫，有的人写满朝气；有的人写满梦想，有的人写满悲伤。不是每个人都能一帆风顺，谁都可能会遇到风吹雨打，命运的考验。

但是，一个人的模样，不应该仅仅是写着他的经历，还应该有他的努力。

天灾人祸，命运多舛，这些我们都可能会遭遇，但如果因此就在脸上写满忧伤和愤怒，郁郁寡欢，消沉低落，久而久之，就真的会郁郁寡欢，消沉低落，把动力和希望全都抹杀在“丧”里。

《红楼梦》里的林黛玉，生得是倾国倾城貌，但是从来都是一副郁郁模样，这不但影响着别人对她的判断，也影响着她的脾气性格甚至人生走向。

她总是在嗟叹自己命运悲惨，变得越来越小心眼，总觉得别人针对自己；贾母不想让宝玉娶黛玉，一则是担心她的身体，更多还是因为她总是不快乐吧。

同样是寄人篱下的薛宝钗，也经历过丧父之痛，母亲软弱哥哥混账，她没忧愁吗？甚至连终身大事都要她自己操心的呀。

但她活得积极，愿意改变，活得兴致勃勃颇有力量。

虽然我喜欢林黛玉多过薛宝钗，但并不觉得在生活中成为林黛玉或者有这样的朋友会是幸福。

完全相反，有个聪明强悍敢想敢做的薛宝钗，反而更能给人力量。

一个人的容貌，一定有他走过的路读过的书想过的事经历过的人生。

但，仅仅这些，还不够。

他的脸上，还应该写着，他想成为什么样的人，他对生活的理解，对未来的热望，对明天的期待。

愿有一天我们能像张爱玲那样，睥睨生活，骄傲放话：无论你把我怎样，我照样活得像我自己！

你到底想要找个什么样的人

一个单身男性朋友谈起最近相亲的情况，叹口气，他摇摇头，没找到合适的。

到底想找个什么样子的女朋友呢？

无非是年轻一点，脾气温和一点，工作赚钱可以不多，但是时间要足够多，能够照顾家庭，尤其是以后生孩子的话，能够全心全意地照顾好家庭和孩子，不让自己操心。

“我妈身体不好，有孩子后肯定要她看得多。”他坦然地说。

我有点哑然，一则是他居然想这么远，二则是，这里面好像没他什么事儿？

他果然就回我说：“对啊，男主外女主内，我肯定是要忙事业啊。”

他不过是在事业单位上班，每天朝九晚五很少加班也很少出差的人，可是已经自动把自己从家庭生活剥离开了。

还没结婚呢，就打算再创造一个“隐形寡妇”了。

不得不说，好多男人说梦想是找个“贤妻良母”，画外音是：让我能够能做甩手掌柜。

不知道是男人没有进化，还是他们被施了魔咒。

有些人，总是以为自己可以找到那种几十年前穿越过来的女人——忙于家庭，围着灶台转，天天年年，日复一日，以相夫教子为己任。

可是女性们，早就今非昔比。

前几天有人贴出来，针对小学生做的一次调查问卷：你认为男生应该让着女生吗？

很多小男生表示应该让着女生，男生更有力气；而反对男生让着女生的，恰是女生们自己。

她们坚定地认为，男女平等，为什么要让他们让着我们？

现在的小女孩真的好棒啊。

女士优先，男生礼让女生，这是品格和尊重，是教养；但是从人权平等的角度而言，男女是该平等的。

女生们都坚信着自己能够经济独立、精神独立的时候，若是男生还在守着裹脚布的理论，非得找愿意相夫教子的贤妻良母，不接受一个白眼，真是对不起他们啊。

我认识的人中，超过七成工作特别优秀突出的，都是女孩。她们勤勉、努力、懂事、积极。跑新闻她们在前面，加班她们不比谁差，有点紧急的事情她们懂得为别人考虑。

她们让周围的男性相形见绌。

有个女友来济南，我们一起吃饭。

女友跟我同龄，单身，风风火火，洒脱利落。大学毕业后考了事业单位，干了几年后辞职了："我怕接下来的几十年里都重复同一天的生活"。

跳槽了几家公司，再后来自己创业，做事情，颇有收获。

最重要的是，状态极好。

忙的时候，像条汉子一样横冲直撞，让世界为之侧目；有时间了，就背着包满世界旅行，文艺女青年的人生，实在是令人艳羡。

遇到合适的感情就谈，不适合在一起了，也不会拖拉，有勇气离开，选择自己想要的生活。

看到她，我在想：“她跟我那个男性朋友，真的是一个世界的人吗？”

男人还在寻寻觅觅找贤妻良母，找一个给自己生养孩子照顾家庭的主妇；女人们却已经开始打拼天下，寻找心灵和物质的双重自由了。

总有人说，女孩啊，不要太优秀太好强，也不要太耀眼，男人控制不住，会嫁不出去的。

呵呵，翻个白眼：我为什么非要一个控制住我的男人呢？

到底为什么不能做肩并肩的两棵树，相互照料，互相映衬呢？！

我的朋友圈子里，男性和女性的差别实在是泾渭分明——

还在坚持读书的，是女性；不是在酒局就是在去酒局路上的，是男性。

热爱旅行动辄出门的，是女性；热衷于转各种官场文章猜度别人心理的，是男性。

沉迷于健身运动与跑步的，是女性；大腹便便肥胖秃顶的，好多是男性。

……

所以啊，女孩们一定要加油啊，要变得更好！

若是不努力，万一嫁给了一个也不努力的男人，未来的伴侣可能就会变成传说中的油腻男。

他不是拖着你堕入这种境地，就是你们之间无尽争吵难以解脱的开始。

你越优秀，就越有机会跟优秀的男生在一起，你们会一起成长，一起创造更好的生活，心灵相通，而不是为了一些俗到不能再俗的事情天天怄气。

你们会拥有更好的人生。

你与众不同的样子，真好看

我们很怕与众不同，尤其是小时候。

跟别人一样，意味着自己是“正常的”；而不一样，就会担忧自己是个异类，害怕被排挤，被孤立。

也许长大之后，我们慢慢变得坚定，变得勇敢有力，但还会自觉不自觉地希望人群能够接纳自己。在群体中找到一个位置，才会有安全感，让人觉得，不那么另类。

尽管嘴上未必承认，这却是许多人心中都在担心的问题。

美剧《傲骨之战》中，小律师米娅有一段令人啼笑皆非的独白。

她说，从小到大，她的家庭都很无聊，跟别人家不一样。周围的朋友们家里都鸡飞狗跳，不是父母离婚，就是有人出轨，他们还未长大就要忧心忡忡焦头烂额……

而她，父母婚姻幸福，生活优渥，从未有过任何动荡，以至于为了能够“合群”，她曾经编造过“父母吵架”的谎言，只为了能够让自己在伙伴中显得不那么另类。

看起来有点匪夷所思，但又真的是在情理之中。

我收到过一个女孩的求助，当时她内心很苦闷。

那会儿她正在实习，跟另外两个女同学一起，不知是不是巧合，安排住宿时，两个女孩被分在同一个寝室，而她自己独住一个房间——如果是我，会蛮开心的，可以看书写字清静自得，也不会担心打扰别人。

她的苦恼却恰恰来自这里。

她说独自一个寝室，没人说话，这是其一；更重要的是，她觉得自己本来就有点内向，这样就更难合群了，甚至会被排挤——

若是去吃饭她们忘了喊她，她就会闷闷不乐一天；看到那俩同学结伴下班有说有笑，她心里就会很难过，一晚上辗转难眠；她拿着家人寄来的特产跟她们分享，因为她们没有表现出极大的热情，她也会很不开心；另外两个女孩是否结伙尚未可知，但是这个女孩急于合群的努力却显得特别可怜，以至于成了她内心焦虑的内核。

实习中，为了能够在公司里合群，她会主动帮其他人取快递，叫外卖一定是她主动搜索好几个备选等大家挑好她来点，加班帮别人做方案……“可是主管对我好像看不上，其他同事对我的态度也很冷淡，我觉得好无助啊。”她说。

我劝她，利用自己独处的时间多读点书，多学点东西，先把实习工作做好，这是最重要的。至于跟同学或者是其他人的人际关系，处得来就多说几句，处不来也不要勉强。

因为总有一天你会发现，你在那个群体中的位置，是由你的能力来决定的。

如果花费太多精力处心积虑地经营人际关系，成为一个“人人欢迎”的人，而没有真才实学，最多成为一个可有可无的点缀，甚至是个跟班、便利贴女孩，又有什么意义呢？

陪小朋友参加植树活动，种好树之后，小朋友们围拢在一起做游戏，一会儿抢椅子，一会儿老鹰捉小鸡。

大部分的小朋友都在玩，还有几个小朋友，闲闲地散落在各个角落，各自在怡然自得地玩些别的。

这样真好啊。

感兴趣的事情，就热情地去参与；没兴趣的事情，也不必勉强自己非要跟别人一样，找到自己的乐趣，更重要。

大概只有没有功利心的小朋友才会有如此坦然的心境吧，他们完全不在意是否要跟别人一样，是否非得保持步调一致。

……

无论是工作中，还是朋友圈子里，我特别喜欢的人，大都有点特立独行、与众不同。他们有自己的真知灼见，有自己的独立见解，他们不会绞尽脑汁跟人合群，更不会跟在人群后面摇旗呐喊步调一致。

他们对生活有自己的理解，对梦想有自己的坚持，他们从来不会人云亦云，这与众不同的，是他们看不见的光环。

你与众不同的样子，真的很好看。

也许看上去会落单，甚至有点点孤单，但是一个人必须独自面对生活汲取营养才能真正成长啊。

如果不必努力合群，不必在意别人对自己的评价与判断，我们是不是会更快乐一些呢？

我想会的。

人群中不慌张，独处时不孤单

去年夏天我做过一个奇怪的答卷，是跟职场有关系的，其中有一部分涉及社交情商。

答题的时候我没在意，后来过了很久，分数出来，别人告诉我说，我好多部分的分数都特别低，比如成功欲望、管理欲望之类的，但是有一项特别高，就是人际交往。

这个有点出乎我意料，但没怎么放在心上。

后来又过了一段时间，在结束一个饭局之后，有个姑娘跟我说："木头姐，你是怎么做到的，在这样的场合还能那么自在不拘束？！"

我愕然，好像没有那么夸张，但也的确没觉得尴尬、拘束或者其他。

姑娘说："可是我在这样的场合就会很紧张，会忍不住疙疙瘩瘩，我有陌生人恐惧症，社交恐惧。"

这好像不是一种很新鲜的毛病了，很多人都会有这种问题——反正手机已经是我们最亲密的占有了，跟人说话反而变得为难起来。

不过对我自己而言，这是一个循序渐进的过程，因为我也曾经跟她一样：在陌生的场合里，内心忐忑，惶恐不安，不知道该走上前去，还是该把自己藏起来；总是怕说错话，所以干脆就不说话；总觉得别人可能没看到自己，所以就格外尴尬，恨不得消失在空气里。

我印象最深的一次，是大三的时候。

当时在杂志社实习，跑采访，经常搭档的是一位比我大几岁的摄影记者。

他算是“老人”，同行们都很熟，跟合作客户也很熟，遇见采访对象也大大咧咧，从不打怵，我很羡慕。

有一次，一个演出的主办方请媒体朋友吃饭。我们平素跑采访也见过的——但总是觉得没有正式认识，只是混个脸熟，就去贸然打招呼不好的；又怕自己去打招呼，人家根本不认识自己多尴尬？！

后来有人提议说，大家都是同行，不如各自介绍一下，互相有个照应。我紧张得不得了，恨不得找个借口跑开；又觉得不行啊，以后还要见面。

终于轮到我了，我磕磕巴巴地说了我的名字，后面就不知道该怎么说了，只好说：“我是跟他一起来的。”手指了指我的同事。

大家哈哈大笑起来：“喔，跟他一起，那是哪家报社呢？”嘻嘻哈哈也就打趣过去了，但是我觉得自己的脸红一阵白一阵，一顿饭味同嚼蜡。

为什么觉得这么挫败呢？

那种莫名其妙的尴尬、心虚，不适应，以及好像无法在这个世界立足的沮丧感，真是令人难过啊。

是什么时候，突然改变的呢？

我也忘了。

大概距离那次饭局都好几年了——因为我记得在刚开始工作那几年，我仍然是怯怯的，出现在几乎所有的场合里，都觉得“我不应该在这里”。

独处的时候，觉得莫名其妙的孤单；人群中，却又觉得特别惶恐。

好像怎么都没有做到特别好的自己。

一直到，大概是在 2008 年左右。那一段时间，因为工作很累压力很大，情绪上略有些波动，所以我用了很多的时间去看书，真的是刻意看，努力看。

其中有很多是特别棒的小说，有些是心理方面的书，还有些是散文随笔，看得如饥似渴，看得饥不择食。

那段时间，除了工作，大多数时间都是在看电影、读书、写字。

读书就像是在吃东西一样，一点点填充着我的身体，喂养着我的胃口。让我一点点变得踏实、果敢、淡定。

这种话说起来像是做梦，但真的是只有亲身体会的人才会懂。

有一次读一本小说，讲二战时期躲在防空洞里的人们，为了排解孤独恐惧，开始给彼此讲读过的书。

那本书的名字我忘了，唯一记得的是，我内心一点点照进的光亮，我和他们一样，曾经自卑如防空洞里的人，一点点被书籍喂养，变得勇敢而充盈起来，面对生活，无惧灾难。

读书啊，就像是一闪任意门，哪怕你平时再忙再累，生活再苦再烦，打开书，就可以跳脱出这一切，进入另外一个世界。

这大概是世界上最简单的减压方式，也是世界上最美味的心灵滋养。

它也是一个人提升气质、增强自信的最简单的捷径。

不知不觉中，我渐渐变得坦然自在起来，我知道这个世界上还有很多我不懂的事情，我知道还有很多我不了解的人，可是有什么呢？

我只要读书就好啊，我读过的那些书，会一点点融化在我的血肉里，让我的眼角眉梢逐渐舒展，让生活可以过滤掉那些浮尘，让我看事情的时候不那么肤浅狭隘。

读过了几本书后，我终于可以自然地想：嗨，我就是我自己啊，我此时此刻坐在这里，就是我自己而已啊；有什么好紧张，有什么好忐忑的呢？

所谓忐忑，所谓尴尬，所谓社交恐惧，不过是总想扮演另外一个人。

那个长袖善舞八面玲珑，那个能够谈笑自如让人如沐春风的人。

不是所有人都有这样的个性，也正因为是强求，所以才更加别扭。

倒不如，就坦然地做自己啊，什么都好。

爱读书的女子，你去看她的眼角眉梢，特别舒展，特别美好。

她在人群中从不慌张，独处时不会孤单到无法自拔，她只是坦荡地面对生活打开的一切面目，因为她在书里，看过更大更奇幻的世界啊。

很美啊，不是吗？

我那么努力，当然要活得优雅从容点

我曾经写过一篇文章《有审美，比有钱更重要》，有段时间在网上流传甚广。

微博里的评论，跳出来几个很扎眼的，我觉得挺有意思——

有人说：别发没用的鸡汤，没钱，全是地摊货能有个屁审美？

有人说：饭都吃不起还舒心整洁？心灵鸡汤能喝饱？

有人说：钱都没有拿什么去审美？

前面的那两位，手机显示的都是苹果6S，第三位用的是三星Note3，看关键词"地摊货""吃不上饭""没有钱"，是忧国忧民的年轻人，还是"先天下之忧而忧"的中年愤青？总之，用着几千块的手机刷微博却替吃不上饭的人操心也算是一种另类的"心怀天下"。

我猜，他们也不是真的吃不上饭，抑或用的全都是地摊货，毕竟地摊货也有不少好东西啊。

我们之间最大的区别，我想要一份体面的生活，而他们总觉得自己只是在狼狈地活着。

因为没有豪宅，没有名车，没有生在大富大贵之家，没有一夜暴富……这些，成了许多人的"心病"。

也因此，他们说话总是不那么体面，喜欢把自己的身段放到无限低，比他们差的人他们会冷嘲热讽，比他们好一点的，他们又阴阳怪气。

无论是否实现了财务自由，无论是否积累了足够多的财富，无论我做的是一份什么样的工作——只要自食其力就好，我的终极目标都是：体面地生活，而不是狼狈地活着。

“体面”这个词，现在越来越少用了，在我的理解里，它包含着自尊、自重、自爱，是我们在世俗社会立足的根本之一。

你周围值得尊重的朋友、敬重的师长，抑或很崇拜的偶像，他们大多数有一个共同点：活得很体面。

不卖弄面子，大讲排场，而是有坚强的内心，有强大的气场，有自己的生活节奏，说该说的话，做该做的事，这就是体面。

我很不喜欢吃顿饭就能讲出无数个“大人物”名字的那些人。

早年有个朋友入职去了不错的单位，没多久学了一身“武艺”回来，朋友小聚也渐渐被他搞得乌烟瘴气，我深恶痛绝，断了往来。

但我也对总是活得很狼狈的人敬而远之。

他们也不是真的贫穷，也不是真的遭遇挫折——这样的人反而简单，提供力所能及的帮助，等他们的生活逐渐平静下来，又可以从头来过。

可怕的是永远在躁动却永远一事无成的人。

认识十多年的人，年轻时就总是慌慌张张，无论是升学恋爱还是结婚生子，没有一件顺心事，总是这里出岔子那里出问题，听他说话不是在求这个人办事就是在找那个人帮忙，今天缺钱，明天找关系，每次见到他都像是苟延残喘的最后一天。

这样的人，谈什么体面呢？

当然没有。

我曾奇怪，为什么他总是过得这么艰难，同龄人也都在人生的爬坡期，工作也要慢慢上进，生活也要一点点稳下来。但无论怎样，总是会有一点点收获，有一点点稳定吧？

他家庭出身到求职工作都是中等偏上，但是每一次，他都想要去攀附更高的平台更好的资源，旧的守不住新的求不来，求而不得就郁郁寡欢。

总是在求人，脸上也就写满了愁云密布和低声下气，人到中年脸上写的全是“我很惨”，谈什么体面？

找一份谋生的活儿，从事能自食其力的工作，在这个人力成本越来越高的时代，养家糊口真的不是天大的难题。

唯一的难题是，既不能安心地坚守下去，又不能决绝地重新开始，最后就只剩下哀号、慨叹、郁闷、伤感。

体面的生活，是自尊、自爱、自强、自重，不做令自己汗颜的事情，不学习、玩弄你瞧不上的阴谋诡计，不攀附，不迎合，不出卖内心获取资源。

尽量做自己喜欢也能做好的事情，用负担得起的好一点的东西，交往能谈得来的朋友，和爱人亲朋之间也是明亮温暖，体面互动，说符合身份的话……这很难吗？

把自己活得那么狼狈，真的不至于。

想起在最贫穷的时候，需要靠一百块过完一周，我仍然觉得自己可以从容体面地生活——少买一点肉，少吃一点水果，把不必要的需求稍微往后拖一拖就好了。

只要能在餐桌上摆出精心制作的小菜，只要能够在晚饭后牵着手散散步聊聊天，就觉得日子是幸福的，是不匆忙的，是不狼狈的，这何尝不是一种简单的体面呢？

经济条件稍微好一点点，就买一点自己喜欢的东西，讲讲情调，谈谈爱好，不必急吼吼朝思暮想恨不得马上就实现财务自由想买什么就买什么，只要买适宜的喜欢的东西，不是一样开心吗？

这是我的生活理念，我还挺乐在其中的。

我尊重自己，尊重生活，也得到了它的厚待，满心欢喜。

最高级的，
是懂得自己想要什么的人

前几天断舍离，扔了一堆衣服。

有一条黄色的碎花裙子，大概是六七年前买的。我记得当时买的时候，就觉得这裙子略显浮夸。但是呢，又觉得自己也许有时候就想稍微夸张一点呢？

所以就买回来了。

结果……每年夏天，我把它从箱子里翻出来，洗了，熨了，挂起来了……可是，每次挑衣服，都会把它忽略过去。

今天不适合穿，明天不适合穿，好像一直都不适合穿。这些年加起来穿过的次数都不超过 10 次。

因为它怎么看，都不像是我的衣服。

类似的衣服，其实还有好几件。

扔呢，每次看看都舍不得扔；不扔呢，放在衣柜里又不怎么穿，还占地方。

这一次，是彻底下定决心，把空间留给真正值得的东西。

穿衣如做人。

我们每个人，都是从眼花缭乱迷茫烦琐中，一点点发现自己，找到自己，然后，坚持自己。

年轻一点的时候，可能什么都想尝试，什么都想做。

理想一直在修改，不知道真正想做的是什么，想当作家，想做生意，想做一个女强人。

而衣服呢？今天朋克，明天碎花，后天素净。

想象中的自己，也一直千变万化——今天像酷女孩，明天是邻家小妹，后天又是时髦女生。

但实际上，却并没有真正想到过，什么样的才是真正适合我的？

什么样的我，才是真的我？

那时候，每次逛街都迷失在铺天盖地的商品中，在网购的大海里沉浮着。仿佛自己能够驾驭各种风格，仿佛穿上某件衣服就能变身成另外一个人，迷失在浮躁与慌乱中。

翻看从前的照片，其中有一张大学时的照片，穿一件粉红色立领短裙，圆滚滚婴儿肥的自己裹在裙子里，显得特别可笑——当时还以为挺美呢。

十七八岁时，什么都尝试一下是好的，因为有时间，有勇气，错了也可以擦掉，重新来过。

但若是一直迷茫地瞎撞，未曾在其中发现过自己，那未尝不是一种遗憾。

真正适合自己的衣服，是锦上添花，是一个很明显的标签，你的个性与气质，在你说话做事之前，已经透过衣服传达给别人，扑面而来，无言传递；而那些不够适合自己的衣服，哪怕再华丽，再昂贵，再好看，也是“衣穿人”。

驾驭不了的衣服和欲望，人，就成了附庸。

有人是根据潮流，有人是根据品牌，有人是根据周围人的喜好，还有人是根据一时兴起。

其实最高级的，是懂得自己想要什么的人。

在真正找到自己之前，也走过很多弯路吧？

买过好几件小西装以为会有女强人的气质呢，然而早就压在箱底；买过裁剪很特别的小黑裙，却发现穿上并不舒服，而且像是另外一个人。

……

也有些人，一开始先模仿着更时尚的人去搭配，去穿着，一直到后来，慢慢找到自己的风格，找到自己的感觉。

穿成自己，面对世界。

而若是活在别人的 style 里，跟在别人的身后亦步亦趋，无论是做人还是穿衣，都是一件憾事。

因为，无法成为自己，却只是拙劣的复制品而已。

我自己啊，一直到快三十岁，才慢慢找到自己。慢慢看清楚自己的风格，当然，也慢慢知道自己是什么样的人。

格子衬衣，素色的长裙，纯色的衣服，中式的裙袍，又或者是特别舒适适合做家居服的衣服，成了我衣橱里的主要构成。

想做一个简单的纯净的人，安静一点也没有关系，不一样一点也没关系。

只要我是我，在这件衣服里，是舒服的，自在的，开心的，才是好的。

有一年夏天，用我半个月的工资买了件某品牌的上衣，当时心里美滋滋的，虽然有点肉疼，但安慰自己可以穿很久呢，穿好多次呢。

但实际上，那个夏天穿了几次之后，第二年就不喜欢了，很少穿了。凭借当时的情绪和欲望驱动的东西，根本不会长久。

真正长久的，是发自内心的喜欢。真正适合自己的衣服，不是别人看到你的时候感慨“哇，这衣服看起来好棒，一定很贵吧”。

而是眼中有淡淡的赞许就好。因为他们看到的是你。

是比衣服，更珍贵的，你。

女人最该恐惧的不是婚姻失败，而是丧失智力

《福斯特医生》是我非常喜欢和推崇的一部英剧。

女主角是个全科医生，是一家诊所的高级合伙人。

她相濡以沫 15 年的丈夫背着她偷情年轻小女生，还把他们的财产全都拿去投资做生意，她很有可能人财两空。

保卫婚姻与财产的战争打响后，她智商情商双双在线，赢得一气呵成，非常漂亮。

失去了早就溃败的婚姻，但保住了儿子的抚养权和财产，这是她能做到的最佳止损了。

第二季呢，前夫和小三结婚生女，重新搬回了他们生活的小镇，而且发了大财，耀武扬威。前夫扬言一个月内要把福斯特医生赶出小镇，而且他的做法也的确奏效了。

他们从前的很多朋友，又重新向他靠拢；周围的眼光逼着她，向前夫和他的新妻子表达祝福。更可悲的是，相依为命的儿子居然也一声不吭地搬去父亲家，留下她一个人几乎要发疯。

前有狼，后有虎，她原本已经在婚姻中失去过一次对人生的信念，这一次好像更彻底。

我推荐过很多人去看《福斯特医生》。

不是说一定要学什么“女人不狠，江山不稳”，而是在福斯特医生身上，我们可以看到一个独立、智慧的女人，该如何去面对婚姻、面对自己。

婚姻曾经是她人生中至关重要的东西。

她 15 年的欢乐哀愁全都跟它联系在一起，他们曾经相爱至深，共同养育孩子，打理生活。

所以在遭遇背叛的时候，她的第一反应是痛苦、崩溃，第二反应是谈判、挽回。到最后发现事情无法挽回的时候，她的智商重新上线，战胜感情，快刀斩乱麻，让自己的损失降低到最小——不让自己因为一桩失败的婚姻而被拖垮。

这有错吗？不但没有错，而且非常明智，值得鼓掌。

很多女性，在遇到感情问题，或者婚姻危机的时候，常规套路是一哭二闹三上吊。

如果都不管用，就束手无策，委曲求全，乃至于睁一只眼闭一只眼痛苦维系的人，也有很多。

之前听过一个跟福斯特医生很像的例子。

男人在事业成功之后与结发妻子离婚，娶了年轻貌美的小情人，孩子归妻子，每个月给一定数量的抚养金。

及至儿子长大，当父亲的一召唤，孩子就会靠拢到父亲的身边——他有钱啊，能够给他更好的生活；前妻从离婚之后，没有再婚，辛苦度日，把孩子抚养长大，却再次“人财两空”，接近癫狂。

儿子跟朋友说，也不能怪自己忘恩负义，跟母亲在一起生活太辛苦、太压抑了，不幸福。

这不是电影，是现实。

她一直没有走出那段失败的婚姻，没有走出“失婚女人”的角色，到后来把自己的人生全都拴在了孩子身上。

她只是从来没有为自己活过。

也有一些女性，走上了另外一条迷信之路，疯狂地学习各种情感知识，迷信各种情感教主。

不管他们说什么做什么，只要他们口口声声保证“能够让你保住婚姻”，又或者“让你夯住男人”，她们就深信不疑，恨不得烧香磕头。

好的婚姻，不是靠保住就能实现的。更重要的是双方的忠诚，真诚的沟通，心灵的相通，以及共同努力地经营。

而不是一方予取予求，一方委屈妥协。

讲真，先把智商拾起来，再去谈什么婚姻吧，否则，不是被渣男耍，就是被情感专家糊弄，可怜。

女人该恐惧的不应该仅仅是失去婚姻，而是在婚姻中如何保持自己的独立，如何保证智商不掉线，如何能够让自己永远都有站立在这个世界的能力。

如果失去一个男人，就失去了全世界，那也太可悲了。

图书在版编目（CIP）数据

我愿如此充沛过一生 / 小木头著 . -- 南京 : 江苏凤凰文艺出版社 , 2019.6
ISBN 978-7-5594-3511-8

Ⅰ . ①我… Ⅱ . ①小… Ⅲ . ①散文集 – 中国 – 当代Ⅳ . ① I267

中国版本图书馆 CIP 数据核字 (2019) 第 058785 号

我愿如此充沛过一生

小木头 著

责任编辑　白　涵　刘洲原
特约编辑　李梦佩
装帧设计　格・创研社
责任印制　刘志华
出版发行　江苏凤凰文艺出版社
　　　　　南京市中央路 165 号，邮编：210009
网　　址　http://www.jswenyi.com
印　　刷　北京盛通印刷股份有限公司
开　　本　880 × 1230 毫米 1/32
印　　张　8
字　　数　160 千字
版　　次　2019 年 6 月第 1 版　2019 年 6 月第 1 次印刷
书　　号　ISBN 978-7-5594-3511-8
定　　价　36.80 元